끼익끼익

기이이이이익!

딸깍

번쩍!

드르르르르르르

으아아아악!

안 돼애애애애애!

쾅!

쾅!

뿌지지지지지지지직!

빵 빵!

삑 삑

땡땡땡땡!!

우적

뻔글 뻔글 뻔글

헉!

히이익!

쉬이이이익!

각!

피유우우우우우

부글부글부글부글!

으아아아아아아아아

KB185450

뭐가 어떻게 됐냐고? 그러니까 이게 전부…

월요일에

일어난 일이야.

(심지어 **이게 다**가 아니야!)

- ✓ 인생 **최악의** 아침 식사!

  초록색 100%
  구역질 200%

- ✓ 치욕스러운 등굣길 아빠의 **초대형 변기**

  사랑한다, 아들!

  쪽팔려!

- ✓ 정체성 **혼란** 나는 누구인가!

  멋진 저스틴 체이스
  세계적인 팝스타

  그냥 나, 저스틴 체이스
  평범한 아이

  이름은 똑같음. 이름만!

☑ 담임 선생님은 **고함**치는 데 세계 챔피언!

최대 볼륨 →

"모두 교실에 남아!"

☑ 휴지 비상사태

화장실 SOS!

☑ **끔찍하게** 희생된 양말

할머니, 미안!

☑ 공포의 버스

으아아아아아아아!

← 비명을 지르는 버스

시끌벅적 여행사

☑ 다이빙대의 **악몽**

더 자세히 알고 싶다면 이 책을 읽어 봐! (감히 그럴 용기가 있다면!) ↘

고소공포증 →

내 인생 **최악**의 일주일

게다가!

난 아주 낡은 새집으로
이사했어. 으스스하기 짝이
없어! **유령의 집**인 것 같아.

내가 새로 전학 간 학교에는
날 작정하고 괴롭히는 애가 있어.
우주에서 가장 비열한 녀석이야.

내 수영복이 실수로 엄마와
새아빠(일명 **드라큘라**)의
신혼여행을 따라가는 바람에…

…나는 할머니가 부랴부랴 떠
준 코바늘 수영복을 입을 수밖에
없었어.

정말 굉장한 **마술** 수영복이었지.
(눈 깜짝 할 사이에 휙 **사라져**
버렸거든!)

그리고 다시는, **절대로, 결코,**
입에 올려서도 기억해서도
안 될 **갈색 경보**
사건도 있었어.

아빠는 요즘 내 **철천지원수**의
엄마와 사귀고 있어. 새로 전학 간
학교의 교장 선생님이기도 해.
내 실수였을지도 모르는
(아니, '였을지도 모르는' 게
아니라 확실히 내 실수였지.)
물난리 때문에 하마터면
학교 전체가 **물에**
잠길 뻔했지.

하지만 가장 놀라운 사건은
이거였어! 성질은 고약해도 내게는
둘도 없는 고양이, **뚱뚱 선장**이
외계인에게 납치된 것 같았는데…

…한밤중에 갑자기
텔레비전에 나타났어.
심지어 **플러그**가 뽑혀
있었는데! 그 순간, 너무
놀라서 난 **기절**해 버렸지!

그런데!
눈을 떠 보니 어느새…

엄마와 아빠에게

내인생
최악의
일주일
2 화요일

1판 1쇄 펴냄—2024년 11월 1일 1판 2쇄 펴냄—2024년 11월 8일

지은이 이바 아모리스 • 맷 코스그로브 옮긴이 김영진 펴낸이 박상희 편집주간 박지은

편집 이가윤 디자인 곽민이 펴낸곳 (주)비룡소 출판등록 1994. 3. 17.(제16-849호)

주소 06027 서울시 강남구 도산대로1길 62 강남출판문화센터 4층

전화 02)515-2000 팩스 02)515-2007 홈페이지 www.bir.co.kr

제품명 어린이용 반양장 도서 제조자명 (주)비룡소 제조국명 대한민국 사용연령 3세 이상

ISBN 978-89-491-4452-8 74800 / 978-89-491-4450-4 (세트)

이바 아모리스 글 * 맷 코스그로브 글·그림

…화요일이야!

비룡소

그리고 이 모든 비극은 이렇게 시작됐어!

오전 7시 23분

"일어나라!"

나는 천천히 눈을 깜박였어. 머리가 깨질 것처럼 아팠지. **정신이 하나도 없었어.**(평소보다 더.) 아침 햇살이 어찌나 눈부시던지 일단 빛에 적응부터 해야 했어.

"일어나래도, 저스토 처스토!"

나는 바닥에 뻗어 있었어. 몸을 움직이자 거실의 딱딱한 나무 바닥이 요란하게 **삐걱**거렸어. 몇 번 더 눈을 깜박인 뒤에야 나를 내려다보고 있는 낯익은 얼굴들이 서서히 보이기 시작했지.

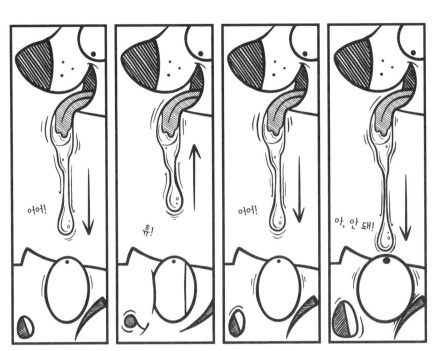

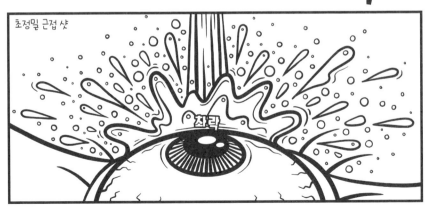

아아아아아아아악!

나는 **비명**을 지르며 벌떡 일어나 앉았어. **끈적한** 개 침을 닦아 내면서. 아, 하루를 또 이렇게 시작하다니! 슬쩍 텔레비전을 돌아봤어. 정신을 잃기 전, **뚱뚱 선장**이 아주 **사악하게** 웃었는데. 아니, 화면이 꺼졌잖아!

기절 전

소름 돋게 섬뜩하고 현실적으로 불가능한
텔레비전 화면

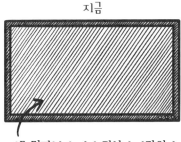

지금

너무 멀쩡해서 내가 정신이 나갔었나
의심되는 텔레비전 화면

불가능한 이유
• 텔레비전 플러그가 빠져 있었음.
• 고양이는 (좀 사악한 건 맞지만)
사악하게 웃지는 않음.
• 뚱뚱 선장은 월요일 오전 6시
23분쯤 외계인에게 납치, 실종됐음.

나는 말도 안 되는 이 일들을 어떻게든 이해해 보려고 **머리를 쥐어짰어**. 그랬더니 머리만 **지끈**거렸어!

아빠가 텔레비전을
가로막았어. 꼬리에 꼬리를
물던 내 생각도 잠시 멈췄지.
아빠가 **심각한** 표정을 지으며
헛기침을 했어. 난 상황이
얼마나 **심각한지** 재깍
알아챘어.

감정은 다 눈썹에 드러난다고!

평소 표정   심각할 때 표정

"한밤중에 몰래 내려와서 텔레비전을 보다가 그냥 잠든 거니, 정키 청키?"
(아빠는 나를 정말 **다양한** 별명으로 불러. 내 진짜 이름, 저스틴 체이스만 빼고.)

"아니… 그런 게 **아니야**, 아빠."

"규칙 같은 건 무시하고 막 나가겠다는 거야? 그래, 이제 넌…"

(이 대목에서 불안할 정도로 뜸을 들임.)

"뭐? 스, 스타?"
나는 말을 더듬거렸어.

알고 보니 아빠의 **'심각한'** 표정은 '심각한 척' 표정이었고, 그마저 이제는 '야, 나 너무 신나' 얼굴로 바뀌어 있었어. 아빠가 그런 표정을 짓는 건 진짜, 정말, 아주 특별한 일이 있을 때만 있는 드문 일이야.

"내 아들이 유명해졌어. 내 아들이 **유명해졌다고.** 인터넷에서 난리가 났어. **인터넷 스타**가 됐다고!"

아빠는 아예 노래를 부르면서 춤까지 추고 있었어. 영 괴상하게 몸을 흔드는 게 아빠다웠어. 신이 나서 아는 춤이란 춤은 전부 췄지.

"대체 무슨 소리야? 이상한 춤까지 추고."

"이거 얘기하는 거야, 저스티네이터!" 아빠가 내 얼굴에 휴대폰을 바짝 들이댔어.

"내 아들이 지금 **인터넷**에 짝 떴다고!"

정말이었어. 어제, **갈색 경보** 발령 직전, 월리밸리 수영장의 10미터 다이빙대에 매달려 있는 내가 휴대폰 화면에 있었어. 할머니가 떠 준 수영복의 마지막 **조각**을 몸에 걸친 채 말이야. 분명히 우리 모두 **다시는** 입에 올리지 않기로 했던 바로 그거!

안 돼애애애애!

나는 아빠 손에서 휴대폰을 낚아채 다급히 화면을 넘겼어. 아빠 말이 맞았어. 내 모습이 인터넷 곳곳에 널려 있었어. **없는 데가 없었지!**

오전 7시 30분

나는 밈, 화면 캡처, 리액션을 계속, 계속 넘겼어. 리액션 영상이 진짜

어마어마하게 많이 올라왔더라고!

우웨에에엑 리액션
쌍둥이와 몽둥이
조회수 128,000회 – 8시간 전

골 때리네 리액션
ㅋㅋㅋㅋㅋㅋ
조회수 54,000회 – 7시간 전

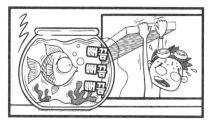

뿌직이 리액션 영상
생선튀김
조회수 564,000회 – 4시간 전

네가 싸면 무지개 연못@ 비가 온단다 리액션
웃팔 형제
조회수 2백만 회 – 5시간 전

리액션: 갈색 경보
자히라 – 네/니오
조회수 780,000회 – 8시간 전

수영장 위생 수칙 위반
버니의 분노
조회수 3회 – 1시간 전

그러다가 마침내 내 영상을 맨 처음에 올린 인간을 찾아냈어. 순위를 보니…

오늘의 인기 동영상

상자 안 상자 언박싱

컵케이크로 변장한
고양이

메이크업 튜토리얼

저스틴 체이스 신곡

이걸 모두 제치고 마빈이 올린, 내가 **큰일**을 보는 동영상이

당당하게도 1위였어.

나는 숨부터 한번 깊이 들이마신 다음 용기를 내어 **재생 버튼**을 눌렀어.

나도 SNS를 해도 된다면 내 리액션 영상은 아마 이랬을 거야…

속이 **부글부글** 끓었어! **이 모든 게** 뱀처럼 교활하고 사악한 마빈의 짓이었던 거야! 범생이인 척 모든 사람을 속이는 **비열한 악마**, 아빠와 사귀고 있는 교장 선생님의 **재수 없는 아들**. 그 마빈 킹 때문이라고!

회상 장면

"마빈이 한 짓이야!" 나는 아빠에게 소리를 질렀어.

"정말? 안 그래도 마조리, 아니 킹 선생이 그렇게 칭찬을 하더라니. 아주 굉장한 재주 덩어리에, 컴퓨터도 엄청나게 잘한다고 했거든."

"아빠! 지금 아빠 아들이 인터넷에 쫙 깔렸다고!"

"알지, 당연히. 내가 그렇다고 했잖아. **굉장하다**, 정말!"

"굉장하긴 **뭐가** 굉장해!"

나는 소리를 꽥 질렀어. 휴대폰에 더러운 게 묻은 것처럼 아빠에게 도로 내던졌지.

"**수영장 물에 똥 싸는 게 인터넷에 퍼졌다고!**"

"저스토, 그건 세상에서 가장 자연스러운 생리 현상일 뿐이야. 부끄러워할 이유가 하나도 없어."

대체 아빠의 머릿속은 어떤 거지? 가끔 진짜 궁금하다니까!

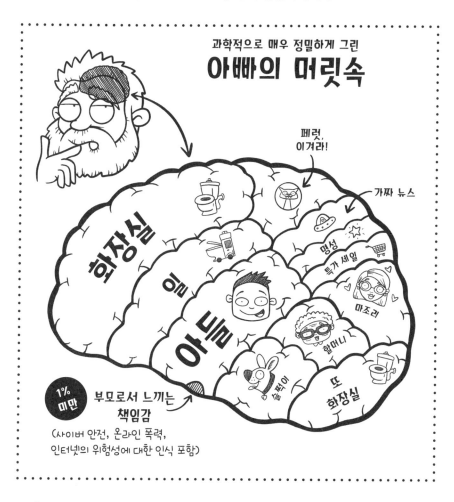

"저스티 크러스티, 긍정적으로 생각해야지! 넌 이제 **유명**해졌어! 여기 이 조회 수를 좀 봐."

안 보고 싶었어. 하지만 보였어.

17,890,653회

다시 말해, 내가 뱃속에 있던
걸 비워 내는 모습을 사람들이
천칠백팔십구만육백쉰세 번이나 본 거야.
게다가 조회 수는 계속 **오르고** 있었어!

"야, 아들, **넌** 이제 글로벌 인터넷
스타야. 네가 우리 가업의 **얼굴**이 될
수도 있다는 걸 생각해 봐!"

아빠의 머릿속에서 울려 대는
돈 소리가 내 귀에까지 들린다
싶었는데, 잘 들어 보니 위층에서
울리는 내 휴대폰 소리였어. 나는
아빠와 아빠의 사업 계획 이야기에서
벗어나려고 얼른 뛰어 올라갔어.

차르르르르륵!

차르르르르륵!

(이 벨소리는 그냥 웃자고 고른 거야. 내 인생은 '**차르르르륵**'이라기보다는 '**우당탕쿵**'이었으니까.) 계단을 성큼성큼 올라가 침대 옆에 있는 휴대폰을 집었어. 엄마였어. 영상을 본 거지. 난 끝났어. **정말이야**. 전화를 받는데 등골에 소름이 쫙 끼쳤어.

이럴 줄 알았거든.

"저스틴 체이스, 도대체 어떻게 된 거야아아아?"

그런데 실제로는 이랬어.

"잘 잤니, 우리 아들?"

엄마가 영상을 **아직** 못 봤다는 뜻이지! 휴우, 다행!

"**아침 내내** 너랑 통화하려고 몇 번을 시도했는지 몰라. 그런데 여기 호텔 와이파이가 너무 안 좋은 거 있지! 지난밤부터 인터넷이 전혀 안 되지 뭐니. 고양이 영상이 수십 개는 새로 올라왔을 텐데 다 놓쳤어."

안도감과 함께 '**엄마가 놓친 건 그게 다가 아니야**'라는 생각이 머리를 스치고 지나갔어. 나도 지금 인터넷이 안 되는 외딴섬에, 가능하면 **무인도**에 있으면 좋을 텐데!

나는 상상 속에서도 **오명**에서 벗어날 수가 없었어!

엄마 말소리가 들렸어.

"사진 찍을 준비 제대로 했는지 확인하려고 전화한 거야. 머리 빗는 거 잊지 말고.
교복은 다렸니? 셔츠 자락 바지 안으로 넣어서 입고. 앉든 서든 자세 똑바로 하고. 어깨
딱 펴고. 그리고 제발 그 **눈 좀 똑바로 뜨고** 찍어. 제…"

연결이 또 끊겼어. 하지만 '**제발 눈 좀 뜨고 찍으라**'는 엄마의 말이 계속 귓가를
웅웅 맴돌았지.

난 할머니 방에 가서 서랍장에 있는 내 앨범을 꺼내 봤어. 할머니는 그 앨범을 할머니의 **소중한 보물**이라고 불렀지.

내가 눈을 똑바로 뜨고 사진을 찍을 수 있긴 할까?

부르르 몸서리가 쳐졌어!

엄마가 빗겨 준 머리.
가운데 가르마는 꿈쩍 못하게 고정!
연쇄 살인범 같은 심각한 분위기.

4학년

몇 달째 미용실
근처에도 못 간,
일명 '자가 격리'
헤어 스타일.

엑스레이 투시

눈은 여전히 감았음!

5학년

봐, 너도 같이 셌으면 알겠지만, 지금까지 학교에서 찍은 사진 여섯 장 가운데

눈을 뜨고 찍은 사진은 단 한 장도 없어!

과연 일곱 번째 사진으로 이 모든 걸 만회할 수 있을까?

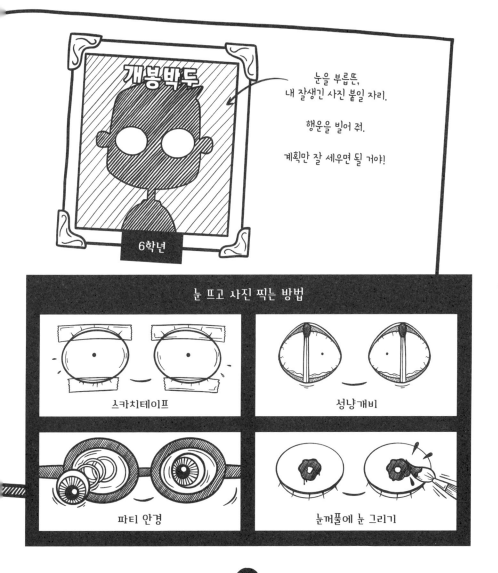

눈을 부릅뜬,
내 잘생긴 사진 붙일 자리.

행운을 빌어 줘.

계획만 잘 세우면 될 거야!

개봉박두

6학년

눈 뜨고 사진 찍는 방법

스카치테이프

성냥개비

파티 안경

눈꺼풀에 눈 그리기

사진을 잘 찍으려면 학교 가기 전에 표정 연습을 해야지. 하지만 거울을 보려고 욕실에 갔더니 문이 잠겨 있었어. **소리**와 **냄새**로 미루어 보아…

…아빠였어. 시간이 걸릴 거라는 얘기였지. 하는 수 없이 서랍장에서 할머니의 구식 손거울을 꺼내 내 방으로 올라갔어.

이거라도 보면서 **포즈** 연습을 좀 해 둬야지! 나는 빛이 환하게 들어오는 창가로 가서 내 안에 숨어 있는 **슈퍼모델**을 흔들어 깨웠어.

먼저…

신비롭고
매혹적인
표정

…변비로 고생하는 얼굴 같아.

다음은…

강하고
자신감 넘치는
표정

…괴물 아니야?

이번엔…

도톰한
입술

…오리가 따로 없네!

꽥
꽥

그런데 갑자기 온몸이 **얼어붙는** 것 같았어. 시선이 느껴졌거든. 곁눈질로 창밖을 슬쩍 내다봤어. 아니나 다를까, 어제 갓 친구가 된 **미아**가 손을 흔들고 있었지. 또 **들키고** 만 거야!

물론 나는 아주 **침착**했어. 엄마 머리에 **개구리**가 뛰어올랐을 때처럼 **꽥** 소리를 지르면서 거울을 떨어뜨린 것 빼고는.

회상 장면

거울은 바닥에 닿자마자 **산산조각**이 났어.

쨍그랑!

헉, 거울을 깨는 건 앞으로 7년 동안 **재수가 없을 거**라는 뜻인데! 다행히
난 **미신** 같은 건 안 믿었어.(물론 행운을 주는 팬티만 빼고! 아, 그리고 또 하나.
바닥에 난 금도 절대 안 밟아!)

내가 미신을 믿는 아이였다면 지금쯤 아마 **신경쇠약**에 걸렸을 거야. 이게 벌써 내가 깬 **두 번째** 거울이었거든. 일요일에 이어서 말이야.

일요일

요-요, 쨍그랑!

거울 외에 일요일에 일어났던 사건들

후우! 금 밥을 뻔했네, 다행이야!

크하악!

미아가 소리쳤어.

"미안, 저스틴! 놀라게 할 생각은 없었어! 그냥, 학교에 같이 갈 건지 물어보고 싶어서."

"괜찮아, 됐어. 나 안 놀랐어! 아무것도 안 하고 있었는데 뭐. **그래!** 같이 가자. **나야 좋지!**"

"잘됐다! 그럼 8시 반에 집 앞에서 봐. 늦지 마!"

미아는 손을 흔든 뒤 창가에서 사라졌어.

"그래, 좋아!"

나는 좀 '오버한다' 싶을 정도로 큰 소리로 말하다가 멋쩍게 입을 다물었어. '좋다'란 말은 아까도 한 데다, 미아는 이미 사라진 지 오래였고, 무엇보다도 시간이 벌써…

오전 7시 55분

그제야 정신을 차리고 깨진 거울부터 쓸어 담았어. **서둘러야 했어.** 남은 시간은 겨우 35분인데 할 일이 아직 엄청나게 많았지.

방에 올라온 김에 옷부터 갈아입기로 하고 먼저 커튼을 잘 쳤어. 세상 사람들에게 **엉덩이**를 보여 주었으면 됐지, **행운의 팬티**까지 공개하고 싶지는 않았거든.

저스틴의
TO-DO
리스트

- 옷 갈아입기
- 아침 먹기
- 세수하기
- 이 닦기
- 머리 빗기
- 포즈 연습하기
- 책가방 싸기
- 고양이 찾기
- 마음 단단히 먹고 국제적 망신 참아 내기

좋아, 인정해. 캐릭터가 **좀** 민망한 건 사실이야. **하지만** 효과 하나는 확실해. 지금까지 세운 기록이 그걸 말해 준다고.

단 한 번이라도 눈 뜬 사진을 찍으려면 난 행운을 **있는 대로** 끌어모아야 했어.

다음은 교복. **미아**가 자기 오빠 걸 줘서 천만다행이야. 아빠가 사 준 **유치원생 사이즈 교복**과는 비교가 안 될 정도로 잘 맞았지.

어제
너무 꽉 낌
숨 막혀!

오늘
딱 맞음

할머니가 새로 떠 준 포근한 양말.
할머니의 코바늘뜨기 실력은 기계도 못 당함!

오전 8시

욕실은 **여전히** 아빠가 점령 중이었어!

"아빠, **빨리 좀!**"

내가 앓는 소리를 해 댔어.

"세상엔 서두를 수 없는 게 있다, 더스틴 저스틴."

아빠의 목소리가 휴대폰 **두드리는 소리**와 함께 문틈으로 새어 나왔어!

탭 탭   탭 탭   탭 탭   탭 탭   탭 탭
        클릭   삐-이

"아빠 지금 휴대폰 보고 있잖아. 제발, 나 급하단 말이야!"

"일도 보고, 휴대폰도 보고 그러는 거지. 뭐 좀 주문할 게 있어서 그래. 아빠 사업 때문에. 이런 걸 **멀티태스킹**이라고 하는 거야, 저스트인 타임!"

아빠는 자기가 얼마나 이기적인지 좀 알면 좋을 텐데! 나는 일부러 아주 큰 소리로 콧방귀를 **킁** 뀌었어. 그리고 아침을 먹으러 부엌으로 내려갔어.

오전 8시 2분

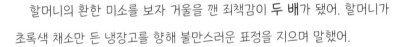

부엌에는 할머니가 있었어. 석 잔째 차를 마시면서 말이야.

"아이고, 우리 햇살 내려왔구나."

할머니의 환한 미소를 보자 거울을 깬 죄책감이 **두 배**가 됐어. 할머니가 초록색 채소만 든 냉장고를 향해 불만스러운 표정을 지으며 말했어.

"이놈의 부엌엔 아직도 먹을 게 없단다. 하지만 몰래 감춰 둔 **비상식량**이 있지! 네 아빠한테는 말하지 마." 할머니가 찻주전자 덮개를 홱 들어 올리자

비스킷 병이 나타났어. 안에는 할머니가 직접 구운 맛있는 비스킷이 가득 들어 있었어. 하지만 그걸 보자 양심의 가책이 **세 배**가 됐어. 도저히 안 털어놓을 수가 없었어.

"저, 할머니… 사실은 내가 실수로…"

(아, 솔직하기는 정말 힘들어.)

"일부러 그런 건 절대 아닌데, 저기 그… 할머니 방에 손거울 있잖아?"

"내가 **아주 어렸을** 때부터 가지고 있던 거?"

양심의 가책
네 배

"**멀고 험한** 바닷길 건너 여기까지 가져온 그거 말이지?"

양심의 가책
다섯 배

"**결혼식** 때도 썼던 그 거울?"

양심의 가책...
으, 이제 몇 배인지도
모르겠네!

"응, 그 거울. 그런데 내가 그만 실수로 깨 버렸어. 정말 죄송해요!"

나는 얼른 말해 버렸어. 당장에라도 울음이 터질 것 같았어.

할머니가 놀라서 말했어.

"아이고, 저스틴. 어디 베이거나 다친 데는 없니?"

"난 괜찮아. 하지만 거울이…"

"그까짓 거울이야 새로 사면 되지만 넌 아니잖니. 그래도 한번 꽉 안아는 줘야겠다, 요 **말썽꾸러기!**"

할머니는 그러면서 나를 다른 때보다 더 오래 꽉 끌어안았어. 이번에는 나도 몸을 빼지 않고 얌전히 있었어.

오전 8시 5분

오늘 아침은 비스킷 덕에 어제 아빠가 만들어 준 '유독성 폐기물 초록 **꿀꿀이죽** 아침 식사'보다 백 배, 천 배 맛있었어.

좋아요. 많이, 많이 주세요!

사랑 (그리고 버터와 설탕)!

아, 됐거든요!

걸쭉한 꿀꿀이죽!

나는 소파에 **털썩** 앉았어. 입에 비스킷을 최대한 많이 집어넣고 우물거리며 아빠가 욕실에서 나오기를 기다렸지. 탁자를 보니 할머니가 즐겨 보는 **싸구려** 잡지 하나가 놓여 있었어. 할머니 말로는 퍼즐 푸는 재미에 산다고 하지만, 솔직히 **연예 기사** 때문일 거야.

오호, **이건** 뭐지? 아주 유용할 것 같은데?!

46

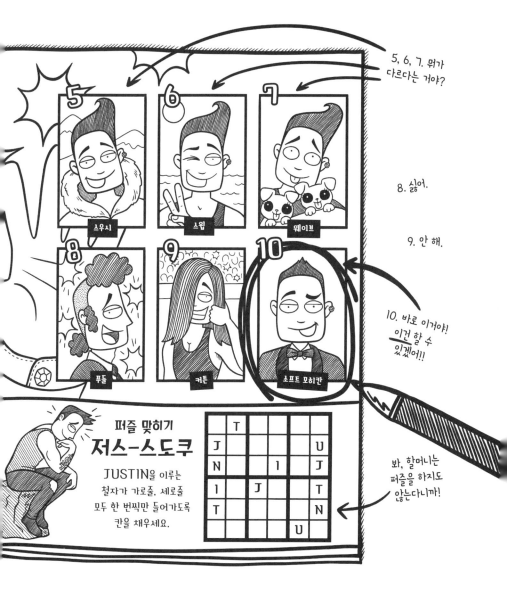

위층에서 드디어 **물 내리는 소리**가 들렸어. 나는 **바로** 움직였어. 어떤 머리를 할지는 정했으니까 이제 숨겨 두었던 내 **매력**을 실컷 뽐내야지!

아빠가 **손부채질**을 하면서 욕실에서 **튀어나왔어**. 나는 초조한 마음으로 문 앞에서 기다리고 있었지.

"1분만 있다가 들어가라, 저스 처스. 아니면 성냥불이라도 켜든지. 아니, 둘 다 하는 게 낫겠다. 어쨌든 아빤 지금 잠깐 나갔다 올 거야. **팰리스 익스프레스 인쇄소**에 뭘 좀 주문했는데, 가서 **빨리** 찾아와야 해!"

아빠는 재빨리 사라져 버렸어. 나는 지독한 냄새가 다 날아가 버릴 때까지 기다릴 만큼 한가하지 않았어. 쪽지에 적어 둔 목록대로 전부 해야 하니까. 그것도 아주 **신속하게** 말이야. 그래서 숨을 한껏 들이마신 뒤 욕실로 들어갔어.

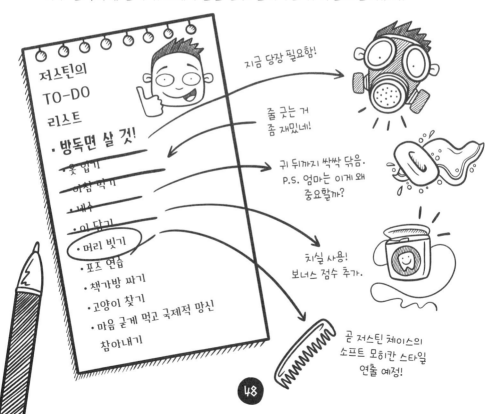

저스틴의
TO-DO
리스트

· 방독면 살 것!

~~옷 입기~~
~~아침 먹기~~
~~세수~~
~~이 닦기~~
· 머리 빗기
· 포즈 연습
· 책가방 싸기
· 고양이 찾기
· 마음 굳게 먹고 국제적 망신 참아내기

지금 당장 필요함!

줄 긋는 거 좀 재밌네!

귀 뒤까지 싹싹 닦음.
P.S. 엄마는 이게 왜 중요할까?

치실 사용!
보너스 점수 추가.

곧 저스틴 체이스의 소프트 모히칸 스타일 연출 예정!

그런데 아무리 애를 써도 머리가 도통 말을 듣질 않았어. 머리를 고정할 수 있는 게 없을까? 헤어젤이나 무스, 접착제 같은 게 있으면 좋겠는데. 나는 세면대 아래 서랍을 뒤져 마침내 면봉 통 뒤에서 이걸 찾아냈지…

이거지! 나는 크림을 손가락에 **살짝** 짠 다음, 머리카락을 가운데로 모아 세웠어. 꽤 그럴듯해 보였어!

오전 8시 15분

그런데 갑자기 너무 더웠어! **머리가 화끈화끈했어!** 아니, 머리 가죽이 정말로…

나는 개수대에 머리를 처박고 찬물을 있는 대로 틀었어. 얼음처럼 찬 물살이 머리를 때리며 타들어 가는 느낌을 조금 가라앉혀 주었어. **아픔**이 완전히 사라질 때까지 나는 흐르는 물 밑에 머리를 계속 대고 있었어. 그러다가 **따끔거림**이 모두 가라앉은 뒤에야 천천히 몸을 일으켜 거울을 보았지.

 오전 8시 17분 - - - - → **오전 8시 17분 33초**

손을 들어 머리를 더듬었어. 너무 **충격적**이었지만 잘못 본 게 아니었어. 머리 한가운데 털이라고는 단 한 가닥도 찾아볼 수 없는 판판하고 매끈한 **고속 도로**가 뻥 뚫려 있었다고!

이게 웬 날벼락이지? 덜덜 떨리는 손으로 다시 **모발 크림**을 집어 들었어. 구겨졌던 튜브를 쫙 펴는 순간, **꼴깍.** 침이 절로 넘어갔어.

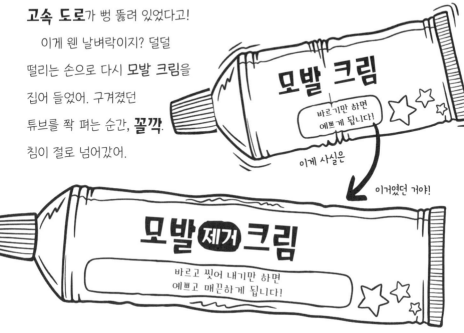

모발 크림

바르기만 하면
예쁘게 됩니다!

이게 사실은

이거였던 거야!

모발 제거 크림

바르고 씻어 내기만 하면
예쁘고 매끈하게 됩니다!

지금 보니 그건 아빠가 등에 바르는 **제모 크림**이었던 거야!
(아빤 아니라지만 작년 여름 바닷가에서 있었던 그 **사건** 이후 마음의 상처가 컸던 거지.)

회상 장면

엄마, 고릴라가
도망쳤어!

킹콩이
나타났어!

하지만 지금은 아빠 털이 문제가 아니었어. 내 **머리털**이 더 심각했으니까.
닭 볏처럼 가운데가 봉긋 솟아야 할 모히칸 머리가 **완전히 정반대**가 되었으니!
이를 어쩌지?!

나는 빗으로 옆머리를 끌어서 덮어 보려고
했어. 하지만 **머리카락**이 더 많이 필요했어!
개수대를 보니 갓 빠진 내 머리카락들로
수챗구멍이 **꽉** 막혀 있었어. 나는 손가락으로
그 **머리카락 덩어리**를 끄집어 올렸지.

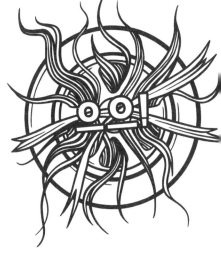

머리카락을 원하는 데 올려놓고 톡톡 두드리자 다행스럽게도 효과가 **상당히 좋았어.** 가능성이 엿보였지. 그렇지만 머리카락이 여전히 더 필요했어!

절박한 나머지, 샤워실 수챗구멍을 들여다봤어. 내 머리카락이라는 확신은 없었지만, 네 거 내 거 따지고 말고 할 처지가 아니었지. 나는 털이란 털은 최대한 집어 빼서 죄다 머리 위에 올렸어.

잘될 것 같았어!

이제 털들을 붙게 할 뭔가가 필요한데… 고맙게 서랍에는 **접착제**도 있었어.

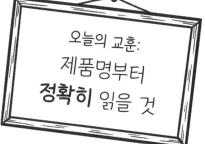

나는 접착제를 머리에 바로 바르려다가 얼른 멈췄어. 방금 배운 게 하나 있었거든.

접착제

오늘의 교훈: 제품명부터 **정확히** 읽을 것

누가 알아? 이게 또 이런 걸지.

그러면 **평생** 이렇게 살게 되겠지...

나는 돌돌 말린 튜브를 **폈어**. 다행히 **괜한 걱정**이었어!

틀니 접착제

스카치캔디 맛

할머니의 이가 하루 종일 잘 붙어 있는 걸 보면, 틀니 접착제는 꽤 **강력**한 것 같아. 하지만 밤마다 할머니가 이를 빼내는 걸 보면 효과가 **언제까지나 계속**되는 건 아닐 거야! 좋아, 해보자!

나는 먼저 아주 조금만 짜서 냄새부터 맡았어. **달짝지근한 향기**가 났어. 딱 **버터스카치** 향이었지.

(아니, **초콜릿**도 있는데 할머니 할아버지들은 왜 이렇게 **이상한 향**을 좋아하는 거야?)

난 먼저 생강 자두부터 먹고, 그다음엔 럼과 건포도를 곁들인 간볶음으로 할게, 웨이터 양반.

우엑!

나는 상당히 **끈적**거리는 틀니 접착제를 두피에 골고루 바른 뒤 머리카락을 적당히 펴 붙였어. 그런 다음, 쓸어 넘기고, 세우고, 모아서 정돈해 줬더니… 하, 기적이 일어났지. 이제 좀 덜 절망해도 될 것 같았어.

하지만 접착제 때문에 손에 머리카락이 잔뜩 붙어 있었어.

그걸 씻어 내는데 세면대 밖으로 물이 얼마나 튀던지. 결국 바지의 **가장 곤란한 부분**이 축축하게 젖어 버렸지. 보기가 민망할 정도였어!

오전 8시 30분

딩동!

초인종 소리. 미아가 틀림없었어. 시간을 이렇게 잘 지키다니. 하지만 **이런 꼴**을 미아에게 보여 줄 수는 없지. **절대로!**

그런데 욕실을 아무리 뒤져도 헤어드라이어가 없었어.

할머니와 아빠가 헤어드라이어를 싫어하는 이유

나는 허겁지겁 바지를 벗어 어떻게든 그 불행한 물 자국을 말려 보려고 마구

흔들어 댔어.

다시 초인종이 울렸어. 슬쩍이가 **짖기 시작했지**.

나는 욕실 문을 열고 외쳤어.

"할머니, 문 좀 열어 줘!"

조용했어. 도대체 내 말을 들은 건지, 못 들은 건지.

바지를 털고, 흔들고 **별짓**을 다 하고 있는데 슬쩍이가 신나서 뛰어 올라왔어.

제 딴에는 현관에 누가 왔다는 걸 알려 주고 싶어서 나타난 거지.

왈*   왈**

왈***

＊ 현관에 누가 왔어.

＊＊ 현관에 누가 와 있다니까.

＊＊＊ 아니, 내 말 안 들려? 현관에 누가 왔다고!

하지만 날 발견하는 순간, 갑자기 눈에 핏발이 서더니 태도가 확 달라졌어.

죽은 황소 귀신이 녀석의 머릿속으로 파고들어 영혼을 차지한 것만 같았어.

슬쩍아, 정신 차려.

넌 황소가 아니라 개야.

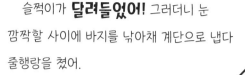

슬쩍이가 **달려들었어!** 그러더니 눈
깜짝할 사이에 바지를 낚아채 계단으로 냅다
줄행랑을 쳤어.

"야, 슬쩍아, 거기 서!"

나는 전속력으로 계단을 뛰어
내려가며 고래고래 소리를 질렀어.

그 바람에 하마터면 미아를

들이박을 뻔했지. 미아는 열린
현관문 옆에 할머니와 함께 서 있었어.

"너 **뭐** 깜빡한 것 같다, 저스틴!"

미아가 얼른 내 캥거루 삼 형제
팬티에서 눈을 돌리며 말했어.

할머니가 혀를 쯧쯧 찼어.

"아이고, 머리랑 몸이 붙어 있으니
망정이지, 안 그랬으면 머리도 어디다
잊어버리고 다녔겠다."

"슬쩍이 어디 갔어? 녀석이 바지를
훔쳐 갔어!"

미아가 문밖을 가리켰어.

나는 헐레벌떡 현관 밖으로 달려
나갔어.

"바지 내놔!
내놓으라고!"

목청이 터져라 소리를 지르면서
슬쩍이를 찾아 주위를 **두리번**거리는데…
오른편에서 어떤 아저씨와 아줌마 그리고
나보다 몇 살 많아 보이는 형이 입을
헤 벌린 채 나를 바라보고 있었어. 이웃 애가 팬티 바람으로 나와서 바지
내놓으라고 고함을 지르니 놀랄 만도 했겠지.

나는 얼떨결에 얌전히 손을 흔들었어. 그러자 세 사람도 **엉거주춤** 손을 들어 인사를 했어. 뒤에서 미아의 목소리가 들렸어.

"엄마, 아빠, 카를로스 오빠, 얘가 저스틴이야. 저스틴, 인사해. 우리 가족이야."

그러자 세 사람의 놀란 표정이 금세 상냥한 **미소**로 바뀌었어. 다들 대충 감 잡았다는 식으로 입을 다문 채 고개를 끄덕였어.

"아, 안녕하세요, 아줌마, 아저씨 그리고 에… 혀, 형."

한 손은 계속 흔들고 있었지만, 다른 한 손으로는 필사적으로 팬티를 가렸어.

숫자 따라
색칠하기

1 = 빨간색
2 = 빨간색
3 = 빨간색

왈 왈 왈*

*메롱, 여기 있지롱.
나 잡아 봐라!

고개를 돌리자 주둥이에 바지를 문 슬쩍이가 보였어. 나는 녀석에게 **달려들었어.** 그러자 녀석은 또 냅다 달려서 이리로 도망쳐 버렸지…

교복 바지를 찾아야 하지만, 막상 집 뒤 **공동묘지**의 녹슨 문을 맞닥뜨리자

더럭 **겁이 났어**. 우물쭈물 망설이는데 갑자기 미아가 앞으로 치고 나가면서

말했어.

"들어가자! 재미있겠다!"

안녕, 친구들! 이 게임 해 봤니?
요즘 대박 났다고!

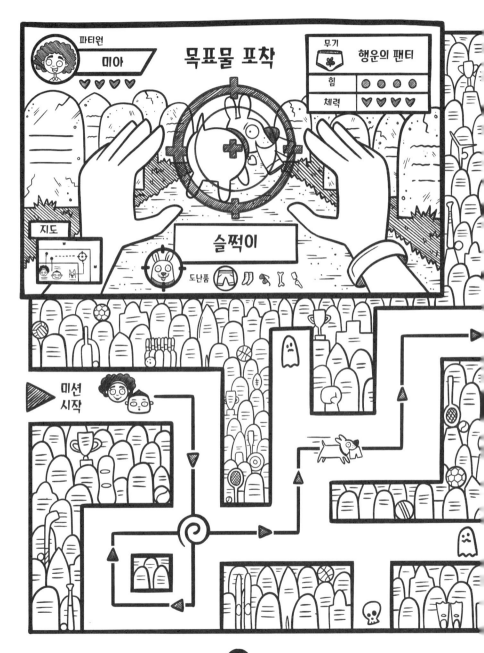

파티원
미아

목표물 포착

무기
행운의 팬티

힘

체력

지도

슬쩍이

도난품

미션
시작

종료

파티원
미아

무기
행운의 팬터
힘
체력

지도

미션 완료

　　나는 마침내 슬쩍이한테 달려들어 주둥이에서 반바지를 뺏었어.

"너, 이러면 못써!" 내가 혼내자 슬쩍이는 낑낑거리며 바닥에 벌렁 드러누워 등을 비벼 댔어. 그러다 몇 번 왈왈 짖은 다음, 집으로 다시 잽싸게 달려갔어. 나는 묘비 뒤에 숨어서 바지를 입었어.

좋은 소식

나쁜 소식

물 얼룩,
완전히 말랐음

슬쩍이 잇자국
때문에 엉덩이에
찡그린 얼굴이 생김

　　한숨이 저절로 나왔어. "할 수 없지. 어쨌든 빨리 나가자. 여긴 너무…"

"근사해!" 미아가 내 말을 마무리했어.

　　솔직히 난 **으스스**하다는 말을 할 생각이었지만, 할 수 없지. 아닌 척 맞장구를 칠 수밖에. "맞아, 저, 정말 근사해."

　　"여기 왔더니 비디오 게임 아이디어가 엄청 떠올라. **유령, 좀비**…! 아, 오길 잘했다. 그래도 이제 가야지. 안 그럼 지각할 거야." 미아가 활짝 웃었어.

나는 얼른 집에 들러 가방을 챙긴 뒤 미아와 학교로 향했어. 우리는 최대한 빨리 가려고 걷는 것도, 달리는 것도 아닌, 왜 그런 거 있잖아. 오리처럼 엉덩이를 **뒤뚱**거리면서 가는 거. 그래, 꼭 그렇게 가고 있었어. 그런데 학교에 거의 도착할 무렵, 갑자기 내가 인터넷 스타라는 게 생각나면서 가슴이 쿵 내려앉았어.

나는 시치미를 뚝 떼고 미아에게 물었지.

"오늘 인터넷에 뭐 좀 재미있는 거 올라왔니?"

그러자 미아가 숨을 크게 들이쉬며

이런 표정을 지었어.

갈색 경보 영상을 본 게 틀림없었어.

나는 다시 물었어.

"좀 심하지?"

미아가 제발 아니라고 말해 주길 바랐지만, 미아는 이렇게 말했어.

"난 거짓말 못 해."

그게 다였어. **위로하는 척**도 안 해 줬어!

바란 적도 없는데 졸지에 인터넷 스타가 된 사람을 위해서도 **증인 보호 프로그램** 같은 게 있는지 궁금했어. 다른 도시에 가 살아야 하나?

신분을 바꿀 수도 있나?

안녕하십니까? 새로 이사 온 더스틴 페이스입니다. 잘 부탁드려요.

"잠잠해질 때까지 **숨죽이고** 버텨야겠어. 사람들은 **금방** 잊어버리니까!"

빠-아아아아아아아아!

잘못 들으려 해도 절대 잘못 들을 수가 없는 **경적 소리**가 울렸어.

"저스스, 도시락 놓고 갔잖니!"

아빠가 우리 옆을 천천히 따라오며 창밖으로 외쳤어.

"그리고 이 새 **광고** 좀 봐. 방금 받아 와서 붙였다."

아빠가 굳이 말 안 해도 **다들** 새 광고를 보고 있었어.

나는 아빠 손에서 도시락을 **확** 낚아챈 뒤 아이들의 시선을 피해 황급히 학교 안으로 뛰어 들어갔어. 그 바람에 마빈과 정면으로 부딪쳤지.

마빈이 먼저 입을 열었어.

"마침 잘 만났다. 어제 **변기 소년**이라고 불러서 미안해…."

나는 너무 놀라 말이 안 나왔어.

"…**뿌직이**라고 불러야 하는데!"

녀석은 그걸로도 부족한지 이번에는 저스틴 체이스의 세계적인 히트곡

'정류장'을 살짝 바꿔 부르기 시작했어. 달콤한 목소리로!

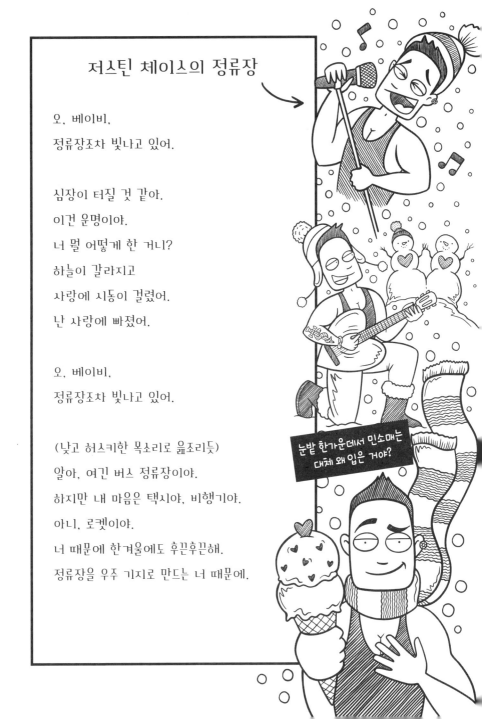

저스틴 체이스의 정류장

오, 베이비,
정류장조차 빛나고 있어.

심장이 터질 것 같아.
이건 운명이야.
너 뭘 어떻게 한 거니?
하늘이 갈라지고
사랑에 시동이 걸렸어.
난 사랑에 빠졌어.

오, 베이비,
정류장조차 빛나고 있어.

(낮고 허스키한 목소리로 읊조리듯)
알아, 여긴 버스 정류장이야.
하지만 내 마음은 택시야, 비행기야.
아니, 로켓이야.
너 때문에 한겨울에도 후끈후끈해.
정류장을 우주 기지로 만드는 너 때문에.

눈밭 한가운데서 민소매는
대체 왜 입은 거야?

비열한 마빈의 수영장

오, 뿌직이,
수영장조차 **뿌예졌어.**

설사가 터진 것 같아.
이건 **비극**이야.
너 뭘 **먹은** 거니?
엉덩이가 갈라지고
갈색 경보에 시동이 걸렸어.
넌 **똥물**에 빠졌어.

오, 뿌직이,

순간 미아가 불쑥 끼어들었어. 마빈의 후렴구가 막 시작되려는 참이었지.

미아가 녀석의 입을 **확** 막아 버렸어. "마빈, 넌 진짜..."

오전 9시

땡땡땡! 땡땡땡! 땡땡땡!

조회 시간을 알리는 종소리가 울려 퍼졌어.

71

전교생이 핸드볼 코트에 모여 학년별로 길게 줄을 섰어. 킹 교장 선생님이(아빠의 새 여자 친구이기도 하지. 으아아, **소름!**) 마이크를 들고 맨 앞에 서 있었지.

선생님이 새된 소리로 말했어.

"학생 여러분, 안녕하세요?"

아이들도 모두 입을 모아 웅얼거렸어.

"안녕하세요…"

"오, 이런. 다들 아직 자는 거예요? 자, 다시 해 봅시다. 여러분, 안녕하세요?"

킹 선생님이 더 높은 소리로 재잘댔어.

"안녕하세요, 킹 선생님!"

아이들이 고함을 질렀어.

"네, 좋아요. 자, 이제 다 같이 힘차게 교가를 불러 봅시다. 우리의 기운을 **드높이기** 위해서죠. 전교 회장, 앞으로 나와서 선창 좀 해 줘요."

마빈이 **공작새**처럼 우쭐대며 앞으로 나가더니 마이크를 받아 들었어.

이런 식으로
끝없이 계속됨

교가

즐거운 등굣길,
장난은 치지 않아.
윌리밸리 초등학교,
멋진 것을 배우는 곳.
뇌가 자극받는 곳.
윌리밸리, 성공을 사랑해.
허튼짓은 용서치 않아.
윌리밸리, 카키색 교복을
멋지게 차려입어.
영어, 수학은 언제나 최고.
원래도 잘했지만 이젠 뭐든 더 잘해.
윌리밸리, 어떤 시험도 문제없어.
배움의 열기로 꽉 차 있거든

얼씨구, 웬 **자화자찬?** 난 마빈의 노래도 충분히 들었고, 어차피 가사도 몰랐기 때문에 그냥 신경 끄고 여기저기 **구경**이나 했어.

마빈의 노래보다 흥미로운 것들

미아 배낭에 매달린 열쇠고리

무지 귀여워!

콘크리트 바닥에 나 있는 수수께끼 자국

뭐였을까?!

아침거리를 뒤지고 있는 따오기

안 보는 척하면서 휴대폰 보는 선생님

코딱지 파는 아이

용처럼 생긴 구름

드디어 **끝없이** 이어지던 **교가 고문**이 끝났어!

"정말 잘했어요. 자, 우리 전교 회장에게 힘찬 박수를 보내 주세요."

킹 선생님이 사랑스러운 눈길로 아들을 바라보며 열광했어.

마빈은 완벽한 천사 미소를 날렸어. 저 녀석은 학교 사진 망치는 일 같은 건

절대 없을 거야.

"자, 여러분, 드디어 손꼽아 기다리던 날이 왔어요! 사진 **예쁘게 찍으려고**

오늘은 다들 외모에 더 **신경을 썼네요.**"

킹 선생님이 생긋 웃었어.

접착제로 붙인 내 앞머리를 **살짝** 만져 봤어.
여전히 잘 붙어 있었어! **휴!** 나는 마음을 놓으며
아이들을 한번 죽 둘러봤어. 가만 보니, 아이들은
딱 두 분류로 나뉘었어.

원형 그래프
-사진 촬영 준비 상황

전혀 신경
안 쓴 아이들

엄청나게
신경 쓴 아이들
(또는
그 부모들)

베개에 눌린 머리
준비 시간: 0초

예술적으로 땋은 머리
준비 시간: 2시간

킹 선생님이 왜 저러시나 싶게 팔을 들어 올리며
소리쳤어.

"개인 사진은 도서실에서 찍고, 단체 사진은 여기 밖에서
찍을 거예요. 그리고 같은 시간에 강당하고 농구장에서는
신나는 과학 쇼도 진행된다는 거 잊지 마세요!"

"아주 재미있고 멋진 **실험**들을 보게 될 거예요…"

"야아아아아아아!" 아이들의 **환호성**.

"…물론 가장 중요한 건 **보고 배우는 거예요.**"

"에에에에에에에에!" 실망하는 소리.

"어쨌든, 오늘은 아주 바쁠 거예요. **다들** 제시간에 자기가 있어야 할 장소에 찾아갈 수 있도록 교내 안내 방송을 할 테니 잘 들으세요. 얌전히, **질서** 잘 지킵시다. 자, 이제 다들 교실로 가도 좋아요."

킹 선생님은 그렇게 조회를 끝냈어.

오전 9시 7분

다른 반은 모두 자기네 담임 선생님을 따라 뿔뿔이 흩어졌어. 그런데 메이저스 쌤은 그림자조차 찾아볼 수가 없었어.

킹 선생님이 어떤 여자분을 데리고 멀뚱멀뚱 서 있는 우리 줄로 다가왔어.

"얘들아, 메이저스 선생님은 개인적으로 일이 좀 있어서 오전에 잠깐 자리를 비우셨어. **이따가** 오셔서 단체 사진은 같이 찍으실 수 있을 거야."

나는 바로 이런 상상을 했어…

"목이 아파 소리를
못 질렀다든지."

"침 때문에 호루라기가
왕창 녹슬어 버렸다든지."

"클립보드 클립이
부러져 버렸다든지
해서요!"

"물론 다 비극적인 일들이죠. 하지만 제가 지금 겪고 있는
일에 비하면 그 정도는 새 발의, 아니 모기 발의 피라고 할
수 있습니다."

"우리 반에 골칫덩어리 하나가 전학을 왔는데 그 녀석이 수업을 완전히 엉망으로 만들어 놨지 뭡니까!"

"제 눈알에 이상한 발사체를 쏘질 않나!"

"제 부츠에 뜬금없이 화장실 휴지를 올려놓지를 않나!"

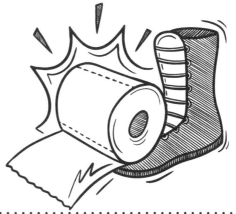

"게다가 제가 두 눈 부릅뜨고 있는데도 수영장에서 갈색 경보를 일으켰지 멉니까!"

장면 삭제
보기 싫으실걸요?

"그리고 나서 버스를 타고 돌아오는데.
버스를 타고. 돌아오는데.
버스를 타고. 돌아오는. 데.
버스를. 돌아오는. 데
버스. 돌아오는."

메이저스 씨, 오늘 하루로는 안 될 것 같네요. 상담을 더 받도록 하세요.

"그러니까 메이저스 선생님이 오실 때까지 여기 **멈블스 선생님**이 너희를 맡아 주실 거야. 선생님 말씀 잘 듣고, **공손하게** 행동하도록! 알았지?"

킹 선생님은 말을 마친 뒤 새 선생님에게 고갯짓을 해 보였어.

멈블스 선생님도 뭐라 뭐라 대답하는 것 같았지만, 정확히 알아들을 수는 없었어. 나는 멈블스 선생님이 어떤 유형일지 궁금했어. 새로운 선생님은 **경품 추첨** 같단 말이야.

"마빈, 멈블스 선생님 모시고 이제 그만 교실로 가."

킹 선생님의 말에 우리는 모두 한 줄로 서서 마빈을 따라 교실로 걸어갔어.

오전 9시 10분

출석 체크 시간이었어. 멈블스 선생님이 메이저스 쌤의 노트북을 열심히 들여다보며 우리 이름을 하나씩 불렀어. 아니, 부르는 것 같았어. 솔직히 나는 선생님이 하는 말을 한마디도 알아들을 수가 없었어.

절반은 **속삭임**인데 소음 측정기로도 잡을 수 없는 수준이었어.

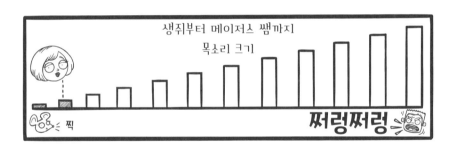

게다가 나머지 반은 웅얼거림이었거든. 마치 **모스 부호** 같았지!

84

그래도 다른 아이들은 죄다 대답을 하고 있었어…

멈블스 선생님이 노트북에서 눈을 떼더니 뭔가 이야기를 시작했어. 그러자 아이들이 모두 머리를 흔들거나 책상 아래로 눈길을 피했어. 아무 반응도 보이지 않는 학생은 나밖에 없었지. 안 되겠다 싶어 나도 **주춤주춤** 손을 들면서 입을 열었어. "네, 선생님."

미아의 놀란 눈길이 느껴졌어. 마빈은 터지려는 **웃음**을 참느라 정신이 없었어.

멈블스 선생님이 미소를 지으며 얼른 앞으로 나오라는 손짓을 보냈어. 나는 하는 수 없이 아이들의 **시선**을 한몸에 받으며 울며 겨자 먹기로 일어섰지.

"아이고, 착해라. 선생님을 돕겠다고 이렇게 나와 주다니. 이제부터 **아침 명상**을 할 건데 아이들이 따라 할 수 있도록 네가 **시범**을 보이면 돼."

멈블스 선생님이 나를 마구 칭찬했어.

이제 선생님 바로 옆에 있었기 때문에 말은 다 알아들을 수 있었어. 하지만 잘못 들은 거겠지? 오늘 내 **계획**은 이런 게 아니었다고!

원래 계획

조용히 그리고 눈에 띄지 않게 행동할 것

볼 거 없음!

이게 아님

일어서서 눈에 확 띄게 행동할 것

"그런데 너 이름이 뭐더라?"

"저스틴 체이스요."

순간 선생님이 입가에서 미소를 싹 지우면서 콧방귀를 뀌었어.

"너 지금 나랑 장난치자는 거니? 그러지 말고 **이름**이 뭐야?"

"**정말** 저스틴 체이스예요."

선생님이 입을 꽉 오므렸어. 눈빛도 오싹하게 차가워졌지.

"출석부에 저스틴 체이스라는 **이름은 없었어!**" 선생님이 나를 윽박질렀어.

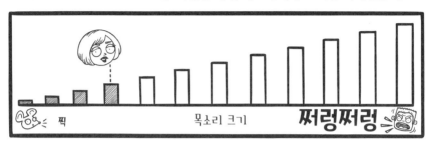

찍   목소리 크기   **쩌렁쩌렁**

"어, 어제 전학을 와서 그럴 거예요." 나는 설명하려고 했어.

"어련하겠니? 그럼 난 어제 **태어났겠다?!**"

"에이, 그건 말도 안 되죠!"

하지만 선생님은 내 말을 오해하는 것 같았어.

눈꺼풀이 **파르르** 떨렸지. 멈블스 선생님이 날 가리키며 아이들에게 물었어.

"얘, 이름이 뭐니?"

아이들이 입을 모았어. **"저스틴 체이스요."**

선생님 코에서 뜨거운 김이 팍팍 뿜어져 나왔어.

"그래, 너희도 다 한통속이다, 이거지? 임시 교사라고 얕보고, **골탕** 먹이려는 거지? 좋아, 너희가 이렇게 나오면 나도 똑같이 해 주지! 자, 다들 **학습지**나 풀어!"

선생님은 그러고 나서 나한테 또 무언가 말했지만, 난 하나도 알아듣질 못했어. 그래도 뇌는 선생님이 **웅얼거린** 모스 부호를 **해독하려고** 미친 듯이 돌아가고 있었어. 멈블스 선생님은 팔짱을 낀 채 발을 탁탁 두드리며 날 **무섭게** 쏘아봤어.

"빨리 못 하지, '저스틴 체이스'?"

도대체 뭐라고 하신 걸까? 장담할 순 없지만 아무래도 '빨리 머리, 어깨, 무릎, 발 노래를 불러'라고 말한 것 같았어. 87.5퍼센트쯤은 확실했어. 그래서 나는 목청을 가다듬은 뒤 **용기**를 긁어모아 노래를 부르기 시작했어.

멈블스 선생님뿐만 아니라 반 아이들까지도 모두 **어리둥절하게** 날 쳐다봤어.

"발…" 투두둑!

예상치 못했던 소리에, 나도 나지만 아이들도 **깜짝** 놀랐어. 어디에서 난 소리인지 보려고 내가 몸을 돌리는 순간, 아이들이 봐서는 안 될 게 적나라하게 드러나 버렸어.

좀 전에 발을 짚으려고 허리를 굽히는 순간, 슬쩍이한테 물려 찡그린 얼굴을 하고 있던 바지가 입을 **쫙** 벌린 거야. **비명**을 지르는 것처럼!

조금 전

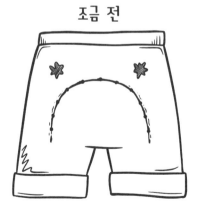

지금

까꿍!

교실은 순식간에 **웃음바다**로 변했어.

87

"돌아서!"

멈블스 선생님이 소리쳤어. 얼마나 놀랐는지 목소리가 **장난 아니게** 커져 있었어.

선생님은 머릿속으로 이제 어떻게 해야 할지 하나씩 따져 보는 것 같았어. 임시 교사 학원에서 이런 건 배우질 않은 거지.

그때 머릿속에선 차라리 12.5퍼센트의 확률을 믿을 걸 그랬다는 생각이 들었어. 선생님은 사실 "저기 저 빨간색 파일 가져와서 아이들한테 나눠 줘."라고 했던 게 아닐까?

"네 바지부터 **해결**하자!"

멈블스 선생님은 대책이 선 것 같았어.

"마침 옷핀이 있어!"

선생님이 바구니를 뒤지더니 옷핀 통을 꺼냈어. 핀들이 어찌나 **날카로워**
보이던지 보기만 해도 **불안**해졌어.

그런데 난 불안하면 종종 **방귀**가 나온다고.
아니, 절대 일부러 뀌는 건 아니야! 하지만 이번에도 역시
아랫배가 **사르르** 아파 온다 싶더니...

뿌오오오오오오오옹!

이런 상황도 임시 교사 학원에서는 가르치지 않은 게 분명했어...

"6학년 M반, 도서실로 와 주세요. 개인 사진 촬영 시작합니다."

마침 스피커에서 교내 방송이 흘러나왔어. 휴, **다행**이었지. 게다가 도서실은 내 마음에 꼭 들었어.

안으로 들어서자 마치 새로운 세계가 열린 것 같았어. 윌리밸리 초등학교 사서 선생님이 책을 얼마나 **근사하게** 전시해 놓았던지, 정말 딱 내 스타일이었어!

　우리가 줄을 서자 피에르 아저씨가 **왔다 갔다** 하면서 한 명, 한 명 자세하게 뜯어보기 시작했어. 가끔 걸음을 멈춘 채 실눈을 뜨고 바라볼 때도 있었지만 곧 다시 다음 아이를 향해 발걸음을 옮겼지. 내 앞으로 올 때까지 말이야. 아저씨가 걸음을 멈추더니 숨을 **컥** 들이켰어.

　'제발 그냥 지나가라, 제발'

　나는 속으로 빌고 또 빌었어.

　"**너야!** 너부터 찍자."

　피에르 아저씨가 날 가리키며 흥분했어. 그러고는 자기가 키우는 프렌치 푸들 다루듯 명령했지.

　"**앉아!**"

　어쩔 수 없이 카메라 앞 의자에 앉았어. 심장이 벌렁거리고 신경이 곤두섰어. 나는 카메라 렌즈를 멍하니 **바라봤어**. 마치 찻길을 건너다가 돌진해 오는 대형 트럭에 놀라 전조등을 쳐다보는 **캥거루**처럼.

94

카메라를 통해 나를 보던 피에르 아저씨가 소리를 **빽** 질렀어.

"왜 그렇게 얼어붙었어?"

나는 더 긴장했어.

"겁먹지 마. 나한테도, 카메라한테도!"

"에… 저는, 그러니까…"

내가 더듬대자, 피에르 아저씨가 카메라에서

눈을 떼고 **호기심 어린 표정**으로 물었어.

"이름이 뭐지?"

"저스틴 체이스요."

기어들어 가는 소리로 답했어.

피에르 아저씨의 눈이 잠시 휘둥그레지더니 곧 얼굴 가득 미소가 번졌어.

"좋아! 마음에 든다. 저스틴 체이스. **넌 슈퍼스타야!** 오오, 그 자신감. 그

뻔뻔스러움. 어마어마한 **거만함.** 그걸 보여 줘, 저스틴 체이스!"

'눈을 떠야 해. 눈을 떠야 해. 눈을 떠야 해.'

나는 마음속으로 계속 그렇게 중얼거리며 눈을 감지 않으려고 안간힘을 썼어.

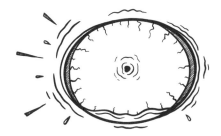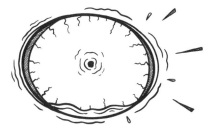

피에르 아저씨가 **넌더리**를 쳤어. "너 뭐 하니?"

내가 어물거렸어. "눈 안 감으려고요."

피에르 아저씨가 소리를 질렀어.

"그럼 안 돼! 차라리 눈을 감아. 그리고 상상을 해. 넌 저스틴 체이스야.
팬들이 고래고래 네 이름을 **외쳐 대.** 네가 뭐라고 한마디만 해도 그냥
쓰러진다고. 그 애들은 방에 네 사진을 붙여 놓고, 남몰래 잘 자라고 **입을 맞춰.**
넌 **황금** 수영장에서 수영을 하고 있어. 다이아몬드 목걸이를 한 플라밍고들에게
초콜릿 입힌 딸기를 받아 먹으면서."

쑥스럽긴 하지만,
점점 상상에 빠져드는 중

"말도 안 된다고? **아니!** 절대로 그렇지 않아. 왜? 넌 **저스틴 체이스**니까. 자,
이제 눈을 떠!" 피에르 아저씨가 말했어.

카메라 플래시가 **번쩍** 빛나는 바람에 눈앞이 잠시 깜깜했어. 하지만 천천히
시력이 돌아오자마자 얼른 카메라와 연결된 모니터를 돌아봤어. 짠!

피에르 아저씨가 외쳤어.

"완벽해! 자, 다음!"

갑자기 피에르 아저씨가 한없이 고마웠어. 물론 내 행운의 팬티도. 드디어
성공한 거야. **눈을 뜨고** 사진을 찍었다고. 이건 **기적**이었어!

나는 아이들이 사진을 다 찍을 때까지 기다리면서 슬슬 도서실을 둘러봤어.

정말로 **굉장했어**. 사서 듀이 선생님은 **천재**였어. 특히 **책 자판기**가 내 마음을
완전히 사로잡았지.

"별걸 다 만드셨네."

나는 코웃음을 치면서도 어느새 그 **얄팍한 술책**에 넘어가고 말았어. 평생 그렇게 책을 읽고 싶어진 적이 없었거든! 나는 책 자판기 쪽으로 슬금슬금 다가갔어.

안 그래도 **드라큘라를 읽어야** 했는데 잘됐네. 아 물론, 조사 좀 하려고. (새아빠가 뱀파이어라는 걸 증명해야 하니까.) 하지만 솔직히, 표지도 너무 근사해 보였고, **단추도** 눌러 보고 싶었고, 책이 초콜릿 바처럼 떨어지는 모습도 너무너무 보고 싶었어.

내가 번호를 누르자 용수철이 돌아가면서 책을 앞으로 밀기 시작했어.

고전을 읽자!

지킬 박사와 하이드 씨

드라큘라

그런데 책이 떨어지지를 않고 자판기 유리에 걸려 버렸어. 한 번 더 단추를 눌러 봤지만 소용없었어. **꽉** 끼어 버렸거든.

할 수 없지. 스스로 해결하는 수밖에. 나는 책이 나오는 길쭉한 구멍으로 팔을 집어넣었어. 꺼낼 수 있을 거라고 자신하면서.

좋아, 인정해. **착각**이었어. 덕분에 이제는 나까지 거기 **끼어서** 구경꾼들을 끌어모으는 신세가 되고 말았어. 여기에서 바라보니 듀이 선생님은 **양말**도 센스 있게 신는다는 걸 알 수 있었어.

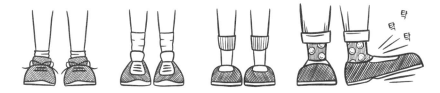

듀이 선생님이 말했어.

"움직이지 말고 가만히 있어라. 도서실에 **이런 상황**을 해결할 수 있는 책이 있을 거야."

"네, 여기서 얌전히 기다릴게요."

나는 사서 선생님에게 그렇게 약속한 뒤 가랑이 사이로 피에르 아저씨의 임시 스튜디오를 바라봤어. 물론 **거꾸로** 말이야.

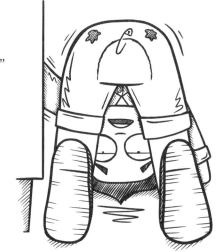

마빈이 마지막으로 사진을 찍고 있었어.

그런데 의자에 앉자마자 위로 **치켜든** 내 엉덩이와 자판기에 **낀** 내 팔을 봤나 봐. 녀석이 숨넘어갈 것처럼 웃어 댔어.

"아직요! 아직 준비가 안 됐단 말이에요. 다시요!" 마빈이 항의했어.

피에르 아저씨가 모니터를 봤어. **"안 돼!** 아주 생생한 장면이 잡혔다. 이게 네 **원초적인 본모습**이야. 자, 끝! 난 이제 좀 쉬어야겠다."

마빈이 **분노**한 표정으로 모니터에서 내 쪽으로 시선을 돌렸어. 나야 어차피 남의 입술을 읽는 능력도 없었지만, 거꾸로 올려보고 있으니 입 모양을 더 알아볼 수 없었어. 하지만 녀석이 뭐라고 하는지는 대충 짐작이 갔어.

"어디 두고 보자!"

듀이 선생님이 나를 자판기에서 꺼내 주는 (그러고 나서 내게 책을 빌려주는) 동안 내 머릿속에서는 그 협박 소리가 **그치질 않았어**.

"6학년 학생들, 강당으로 와 주세요.
곧 과학 쇼가 시작됩니다."

스피커에서 방송이 **요란하게** 울렸어.

무대는 불이 꺼져 있었어. 뭔지 모를 **실험 장치**가 눈에 들어왔어. 강당 곳곳에 배치된 책상에도 다양한 실험을 해 볼 수 있는 도구들이 준비되어 있었지.

나는 점점 신이 났어. **멋진** 사진을 찍었고, 이제 곧 **흥미진진한** 실험까지 하게 됐으니 말이야. 화요일은 운이 좀 따라 주는데? 아이들과 바닥에 나란히 앉아 기다리는데 갑자기 신나는 댄스 음악이 정적을 **깨뜨렸어.**

"과학의 바다에 풍덩 빠져 볼 사람?"

과하게 열정적인 목소리가 커튼 뒤에서 흘러나왔어.

"어, 못 들었나? …과학의 바다에 풍덩 빠져 볼 사람?"

또 다른 목소리가 우렁차게 어둠을 갈랐어.

나는 '과학의 바다에 빠진다'는 게 먼지 잘 몰랐지만, 준비는 되어 있었어. 다른 6학년 아이들도 함성을 질러 대는 걸 보니 다들 비슷한 것 같았어. 드디어 무대에 불이 들어오면서 실험 도구들이 점점 잠에서 **깨기** 시작했어.

분위기가 점점 그럴듯해졌어. 흐르던 음악의 박자가 **빨라졌을 때**, 두 사람이 환한 무대로 **뛰어나왔어**.

마지막 질문에 대한 정답은 **'아니요'**로 밝혀졌어. 반면, '인간의 눈썹은 불에 잘 탈까?'에 대한 답은 확실히 **'네'**였어.

실험 전

실험 후

그나마 **'과학을 안전하게 양말 인형'**들이 부르는 중독성 강한 노래 덕분에 몸에 불이 붙으면 어떻게 해야 하는지를 아주 쉽게 배웠어.

"멈춰!

누워!

데굴데굴 굴러!"

아무튼 불은 금지됐어. 대신 **'통통 튀는 달걀'**이라는, 불과는 거리가 먼 실험을 하게 됐지.

껍데기가 딱딱한 달걀이 물렁물렁, **통통 튀는** 달걀로 변하다니 정말 놀라웠어. 그러고 나서 무대에 올라올 학생을 한 명 뽑았는데, 아니나 다를까 **또** 마빈이 됐어. 덕분에 갑자기 김이 팍⋯. 녀석이 달걀 **저글링**을 선보였지만 재미라고는 없었어.

과학 탐험대 형과 누나가 마빈에게 달걀을 나눠 주라고 했어. 모두 **통통 튀는** **달걀**을 만져 볼 수 있게 말이야. 녀석은 **일부러** 나를 가장 **마지막**까지 남겨 뒀어.

"이런, 달걀이 다 떨어졌네. 어쩌지? 잠깐 기다려 봐, 가져올 테니까."

마빈이 다시 무대로 올라갔어.

"야, 뿌직이. 받아!"

하지만 마빈이 내게 던진 달걀은 물렁물렁한 달걀이 **아니었어.**

멈블스 선생님이 우리를 보러 왔다가 달걀을 뒤집어쓴 채 노른자를 **뚝뚝**
떨어뜨리고 있는 나를 봤어.

"어떻게 된 거니?!"

멈블스 선생님은 이제 거의 메이저스 쌤 수준으로 **소리를 지르고** 있었어.

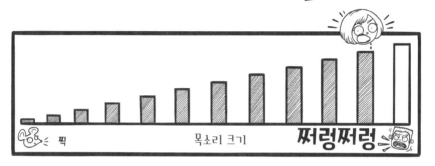

찍 　　　　　　　목소리 크기 　　　　　　쩌렁쩌렁

마빈이 잽싸게 자기 입맛대로 설명했어.

"정말 죄송해요, 선생님. 제가 그만 진짜 달걀을 통통 튀는 달걀로
착각했지 뭐예요. 그래서 저스틴이 저렇게 화를 내는 거예요. 저 때문에 달걀을
뒤집어썼다면서요."

흑 흑 흑 흑 흑

마빈이 큰 소리로 **흐느끼면서**
이야기를 **화려하게 마무리**했어.

교활한 배우에게 속아 넘어간
멈블스 선생님은 도리어 녀석을
위로하면서 나한테만 뭐라고 했지.

"너 때문에 마빈이 울잖니!
가서 얼른 씻고 와!"

그렇게 해서 나는 어제의 사건 현장을 다시 찾아갔어. **화장실** 말이야. 거울을 보면서 옷과 얼굴에 묻은 달걀을 닦아 낼 수 있는 만큼 최대한 닦아 내는데, 한쪽 눈썹이 없으니까 영 좀 **이상했어**. 음, 엄마처럼 눈썹을 **그리면** 어떨까?

그래도 개인 사진 촬영이 끝났으니 다행이야! 단체 사진이야 멀리서 찍으니까 눈썹이 있든 없든 안 보일 거라고.

그나저나 기왕 화장실에 온 김에 아예 볼일도 보고 갈까? 아니, 칸막이 안에는 다신 안 들어갈 거야! 절대로. 저긴 **나쁜 기운**이 가득하거든!

아무래도 일은 봐야 할 것 같았어. 나는 쉬는 시간이 되어 아이들이 **우르르** 몰려오기 전에 얼른 소변기 앞에 섰지. **프라이버시**는 중요하잖아. 그런데 일이 거의 끝나갈 무렵…

오전 10시 45분

땡땡땡! 땡땡땡! 땡땡땡!

…종이 쳤어. 텅 빈 화장실 건물에 소리가 너무 크게 **울려서** 나는 깜짝 **놀랐어**. **펄쩍 뛰어오를** 정도였다고. 그것까지도 좋아. 문제는 다시 내려설 때, 젖은 타일 바닥에 미끄지면서 앞으로 **넘어졌다는** 거야. 그때 내 손은… 에… 그러니까 어디 다른 데를 잡고 있었기 때문에 손 대신 얼굴로 소변기의 스테인리스 벽을 쾅 박았어.

순간, 입 안에서 뭔가 **툭** 부러지는 소리가 났어. **이빨**이… 내 **이빨**이! 탈취제 사이를 지나 하수구 쪽으로 느긋하게 흘러가고 있지 뭐야! 안 돼, **건져 내야 해!**

장면 삭제

조금 검열하겠습니다.

여러분의 정신 건강을 위해서!

잠시 귀여운 아기 돼지들의 모습을 감상하시겠습니다···.

갑작스러운 내용 중단으로 인하여 독자 여러분께 불편을 끼쳐 드린 점
진심으로 사과 말씀드립니다. 이제 다시 예정된 이야기를 재개하겠습니다···.

나는 **수술**을 준비하는 의사처럼 손을 스무 번씩이나 싹싹 닦았어. 엄마도 봤으면 자랑스러워했을 거야. 소변기에서 **이**를 건져 내서? 아니, 손을 깨끗이 씻었으니까 말이야. 거울을 보며 살며시 웃어 보았… 읍, 오늘 하루는 웃지 않는 게 좋겠군.

할머니의 **틀니**라도 빌려야 하나?

그나마 내 머리는 단체 사진을 찍을 수 있게 제자리에 붙어 있었어. 이것만 해도 어디야! 나는 부러진 이가 담긴 주머니를 톡톡 두드린 뒤 다시 교실로 갔어.

아이들은 모두 운동장에 나가고 없었어. 멈블스 선생님만 남아 나를 **기다리고** 있었지. 선생님이 말했어.

"도시락이랑 모자 챙겨서 어서 나가."

나는 고개만 끄덕였어. 괜히 입을 벌려서 이가 부러진 걸 들키고 싶지 않았거든. 내가 막 도시락을 집어서 나가려고 하는데 멈블스 선생님이 포스터를 가리키며 **문을 막았어**.

나는 그늘에 있는 긴 의자에 미아랑 앉아만 있을 거라고 얘기하고 싶었어. 하지만 입은 열기 싫었어.

멈블스 선생님은 한 치도 **물러서지 않았어**.

"학교 규칙이야."

하는 수 없이, 내키지는 않았지만 모자를 썼어. 내 **완벽한 머리**가 눌리지 말아야 할 텐데.

미아는 공책에다 열심히 **그림을 그리고** 있었어. 내가 왔는데도 눈길조차 주지 않았어.

"미안. 지금은 바빠서 이야기 못 해. 잊어버리기 전에 아이디어들을 적어 둬야 하거든. 오늘 아침에 공동묘지 갔을 때 좋은 생각이 엄청 많이 떠올랐어!"

어차피 나도 말은 하고 싶지 않았으니 잘됐지! 그래서 입을 꼭 다물고 미아 옆에 앉았어. **이가 있던 자리**를 혀로 계속 **더듬**으며 부러진 이가 **영구치**인지 유치인지, 기억해 내려고 애썼어.

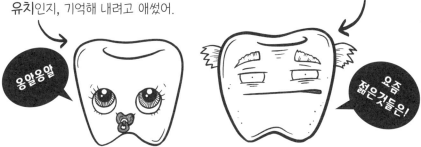

도대체 **이빨 요정**은 왜 이럴 때 나타나 주질 않는 걸까? 요정님이라면 알 텐데 말이야.

솔직히 난 이빨 요정이 찾아오는 게 그리 달갑지 않았어. **소름** 끼친다고! 생각해 봐. 잠자는 동안 **몰래** 들어와 베개 밑에 손을 쓱 집어넣고 동전과 이빨을 바꿔치기한다? 큰돈 주는 것도 아니고 달랑 동전 하나 가지고 뭘 사라고? 게다가 이빨을 그렇게 많이 모아서 도대체 뭘 하는 걸까?

118

나는 미아가 그리는 그림을 어깨너머로 들여다보며 도시락에서 포도알 하나를 꺼내 얼른 입에 쏙 집어넣었어. 비디오 게임 **'최후의 유니콘 전쟁'**에 나올 새로운 장면들이 공책 위에서 살아 움직이는 것 같았어.

미아는 정말 **재능**이 있었어. 미아가 만든 비디오 게임이 나오면 나도 꼭 해 봐야지! 분명 **베스트셀러**가 될 거야.

부우우우우우우우웅

한참 미아의 그림을 감상하고 있는데 벌 한 마리가 자꾸 **귀찮게** 굴었어.

부우우우우우우우우우우우우웅

녀석은 내 머리 위를 줄기차게 **맴돌았어.**

부우우우우우우웅

슬슬 신경에 **거슬리기** 시작했어!

나는 벌을 거칠게 **쫓아냈어**. 하지만 벌은 그러든 말든 되돌아왔지. 아무리 손을 흔들어도 계속 **웅웅**거리며 돌아다녔어!

그러더니 결국은 내 얼굴에 내려앉았지. 나는 석상처럼 **얼어붙었어**. 제발 쏘지 마. 부탁이야. 제발, 제발…

그래, 안 쏠 리가 없지!

"으아아아아아아아아아악!"

얼리밸리 초등학교
행정실

지금 학교
행정실에서
쉬는 시간 소식을
전해 드립니다.

출연: 천사 데니즈 선생님, 악마 버니스 선생님

아이고,
벌에 쏘였구나!

팅팅
부어오르겠네!

많이 아프지?
아유, 딱해라.

얼마나 아픈지 1부터
10까지 숫자로
정확히 말해.

기다려 봐, 얼른
얼음팩 갖다줄게.

그거 아니?
벌은 침 쏘면 죽어.

조금만 참아.
금방 괜찮아질 거야.
와, 너 정말
씩씩하다!

그런 부기는
절대 안 가라앉을걸?
보호자한테 연락할게.

좀 이따가 우리가
교실까지 데려다줄게.

일을
만드는구나.

땡땡땡! 땡땡땡! 땡땡땡!

쉬는 시간이 끝났어. **환자** 대접도 끝났지.

버니스 선생님이 말했어.

"죽진 않을 테니까 그만 교실로 가 봐."

나는 볼에서 얼음팩을 떼면서 살짝

희망을 품고 미아에게 물었어.

"그렇게까지 심하진 않지?"

"난 거짓말 못 한다니까."

미아가 대답했어. 또 **침묵**이 흘렀지.

교실에 가 보니 문 앞에 멈블스 선생님이 서 있었어. 선생님이 말했어.

"실내에서는 모자 금지다."

나는 얼른 모자를 벗으려고 했어. 그런데 모자가 **벗겨지질 않았어.**

"건물 안에서는 모자 벗으래도!" 멈블스 선생님의 목소리가 높아졌어.

나는 챙을 **위로 잡아당겼지만**, 모자는 꿈쩍도 안 했어.

멈블스 선생님의 시선이 점점 따가워졌어. 눈이 가늘어지면서 불길이 **활활**
타올랐지.

"참아주는 데도 한계가 있어!"

나는 모자를 벗으려고 양손으로 잡아당겼어. 하지만 모자는 머리에 꽉
들러붙어 벗겨질 생각을 안 했어. 접착제로 붙인 것처럼 말이야! 아… 접착제.
그제야 할머니의 **틀니 접착제**가 생각났어.

"모자가 머리에 **들러붙어서** 그래요. 정말이에요!"

"얘가 아주 보자 보자 하니까 점점 더하네! 넌 임시 교사들한테
늘 이 모양이니?!"

멈블스 선생님이 **소리를 질렀어.**

그러자 마빈이 앞으로 달려 나오며 외쳤어.

"선생님, 제가
해결할게요!"

녀석은 신나서
내 모자를 잡았어.

"끄ㅇㅇㅇ응!"

마침내 모자가 **벗겨졌어!**

투두둑

머리에 붙어 있던 머리카락들과 함께 말이야.

"아야야!"

내 고속 도로 모히칸 헤어스타일이 **적나라하게** 드러나는 순간, 아이들은 **놀란 나머지** 모두 숨을 멈췄어.

멈블스 선생님은 충격과 두려움으로 말을 잃었고,

마빈은 충격과 기쁨으로,

미아는 충격과 동정심으로 말을 잃었지.

교내 방송이 교실의 정적을 깨뜨렸어.

"6학년 M반, 도서실로 와 주세요. 개인 사진 찍겠습니다."

'아, 실수겠지.' 싶었어. 그런데…

"아뇨, 제대로 말한 것 맞습니다. 6학년 M반,
개인 사진 다시 촬영합니다. 도서실로 와 주세요.
아침에 찍은 사진들이 컴퓨터에서 수수께끼처럼
사라졌어요."

"안 돼애애애애애!"

우리는 다시 도서실로 갔어. 피에르 아저씨는
울어서 눈이 **빨갰어.**

"오, 나의 뮤즈들. 정말 미안하다! 우리의
작품들이 어떻게 된 건지 죄다 **사라져 버렸어!**
이 망할 놈의 현대 문명!"

피에르 아저씨가 저주를 퍼부었어.

"아, 다시 필름이나 폴라로이드 카메라로
돌아가고 싶어. 디지털은 싫다고!" 피에르 아저씨는
컴퓨터 모니터를 두드려 대면서 화를 냈어.

"오전 작업을 다 **망쳤어.** 싹 다 날아가
버렸다고! 그 마법 같은 순간은 다시는 잡아 낼
수 없어. 빛도 아까하고는 다르단 말이야! 하지만
어쩌겠어, 다시 찍는 수밖에!" 피에르 아저씨가 흐느꼈어.

"저부터 찍을게요."

마빈은 신나서 의자에 앉더니 특유의 밥맛없는 미소를 지었지.

피에르 아저씨가 시들한 태도로 카메라 셔터를 눌렀어.

컴퓨터 모니터에 비친 마빈의 사진은 아주
완벽했어.

나는 줄 맨 뒤에 섰어. 마음 같아선 안 찍고 싶었지만 결국은 차례가 오고야 말았지.

"이름이?"

내가 의자에 앉자 피에르 아저씨가 물었어.

"그즈느즈ㅇㅇㅇㅇㅇ."

나는 입을 다문 채 대답했어. **복화술사**들처럼. 볼 때는 별로 어려운 것 같지 않더니 막상 해 보니 잘되질 않았어. 갑자기 존경스러워지네!

"**이름이?**"

피에르 아저씨가 나를 바라보며 또 물었어.

"저스틴 체이스요."

우물쭈물 이름을 댔어.

그러자 아저씨가 이마를 찌푸렸어.

"**아니!** 넌 저스틴 체이스가 아니야. 너는… **괴물**이야! **아름다운** 괴물. 자, **웃어!**" 피에르 아저씨가 명령했어.

팡!

나는 한숨을 쉬며 내키지 않는 심정으로 모니터를 확인했어.

"바로 이거야!" 피에르 아저씨가 감격에 차서 외쳤어.

"이건 걸작이야! 괴물을 잡아 냈어. 이거야말로 **진정한** 아름다움이자, 삶에 대한 은유야. 우리는 시련을 겪고, 시험을 당해. 그래도 웃어야 해.

예술은 바로 이런 거야!"

내 사진이 예술인지는 잘 모르겠지만, 최소한 **두 눈은** 똑바로 뜨고 있었어. 대단한 건 아니지만 그나마 위로가 됐어.

 **"6학년 M반, 단체 사진 촬영합니다. 안마당으로 나와 주세요."**

날카로워 보임!

밖으로 나가 보니 긴 의자들 옆에서 메이저스 쌤이 기다리고 있었어. 선생님은 양복 차림에 머리를 더 **뾰족뾰족** 세운 모습이었어. 멈블스 선생님이 우리를 데리고 안마당으로 걸어 들어가는데 메이저스 쌤이 앞을 떡 가로막았어.

"고맙습니다. 여기서부터는 제가 맡죠."

멈블스 선생님은 얼씨구나 하며 **잽싸게** 교무실로 뛰어가 버렸어. 메이저스 쌤이 소리쳤어.

"좋은 아침이다, 6학년 M반. 내가 돌아왔다. 다들 환하게 웃을 준비 해라."

메이저스 쌤이 우리들 앞을 일일이 걸어 다니며 **"양말 올리고,", "셔츠 집어넣어."** 같은 명령을 내렸어. 그런데 나를 보더니 갑자기 몸을 움찔하는 거야. 나 때문인지, 내 머리 때문인지, 아니면 그 두 가지 다 때문인지는 알 수 없었어.

선생님의 넓은 이마에 송골송골 **땀방울**이 맺힌다 싶더니 갑자기 **"긍정적으로 생각하자. 긍정적으로."** 하고 중얼거리기 시작했어. 쉴 새 없이 계속해서 말이야.

단체 사진을 찍어 줄 사진사 아줌마가
촬영 준비를 하며 바쁘게 돌아다니고 있었어.
아줌마는 아이들을 가만히 훑어본 뒤 차례대로
자리를 정해 주었어. 그러다가 나를 보더니 **헉**
놀랐지.

"너, 넌 저기 뒤에 서는 게 좋겠다."

사진사 아줌마가 뒤쪽을 가리켰어. 오른쪽
뒷줄 맨 구석, 그늘진 곳이었어.

"선생님, 선생님께서는 그 옆에 가서 서세요."

사진사 아줌마가 메이저스 쌤에게 말했어. 자리에
서는 순간 메이저스 쌤은 자기 얼굴이 내 **엉덩이
바로 옆**이라는 사실을 깨달았어. 우리
두 사람 다 엄청 불안해졌어!

**"저는 저쪽이 더
좋겠습니다."**

메이저스 쌤은 그러면서
내게서 최대한 멀어졌어.

드디어 줄이 정리됐어.
사진사 아줌마가 우리를 보며
지시를 내렸어.

"자, 다들 카메라 보고.
코딱지 파지 말고."(맹세코
나는 아니었어!)

"허리 펴고. 손은 다 뒷짐을
지고."

"이제 내가 셋 하고 외치면
다들 '**치즈**'라고 해. 하나…
둘…**셋!**"

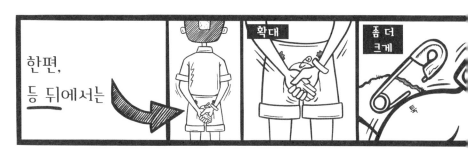

한편,
등 뒤에서는

확대

좀 더 크게

나름대로 웃으신 것 같아!

윌리밸리 초등학교
6학년 M반

팅

엑스레이 투시

앗, 위험해!

이중 엑스레이 투시 및 최대 확대!

"치지···이아 아악!"

'치즈'가 온데간데없이 사라졌어!

행방불명!

바지를 고정해 주던 안전핀이 내 야들야들한 **엉덩이 살**을 찌르는 순간, 나는 **비명**을 지르며 허공으로 뛰어오르고 말았어. 반 아이들이 **도미노**처럼 무너졌어!

아이들은 한 명씩 균형을 잃으며 **넘어지기** 시작했지. 다 같이 쓰러지는 걸
막을 수 있는 **유일한 사람**은 메이저스 쌤뿐이었어.

"긍정적으로 생각하자.
긍정적으로.
긍정적으로 생각하자.
긍정적으로."

메이저스 쌤은 학생들 밑에서 기어 나오며 죽어라 같은 말을 외워 댔어.

엉금엉금 기어서 시야에서 사라져 버릴 때까지.

오후 12시

멈블스 선생님이 **돌아왔어.** 우리는 과학 쇼 **2부**를 보기 위해 이번에는 선생님을 따라 농구 코트로 갔어. 이번엔 신나는 야외 실험 차례였거든.

그런데 두 사람이 내 꼴을(고속 도로 모히칸 머리, 홀랑 **타 버린** 눈썹, **부어오른** 볼, 부러진 이, 달걀 얼룩!) 보더니 얼른 말을 바꿨어.

두 사람은 먼저 **코끼리 치약**이라는 실험을 선보였어. 이름에 속으면 안 돼.

이런 게 아니고

이런 거니까.

두 사람은 화학 약품을 섞으면서 과학 이야기를 아주 많이 했어. 하지만 하나도 귀에 들어오지 않았어. 뭔가가 곧 폭발할 게 분명했어. 다들 보안경을 써야 했거든. 굉장히 기대됐지.

이제 우리가 직접 **화산**을 만들어 보는 시간이 됐어! 하지만 우리는 다른 재료로, 조금 덜 위험한 실험을 해야 했지. 그래도 난 **폭발**을 꼭 보고 싶었어.

우리는 탄산음료 병에 박하사탕을 집어넣어 **온천**을 만들어 보기로 했어. **화학 반응**을 이용하는 거지.

나는 엄마 때문에 **탄산음료**를 마신 적이 거의 없었어. 그래서 그 귀한 탄산음료를 보니 침이 자꾸 꼴깍 넘어가면서 좀 **아깝다는** 생각이 들었어. 하지만 **펑!** 하고 폭발하는 모습도 무지 기대됐지!

우리는 차례차례 탄산음료에 박하사탕을 집어넣었어.

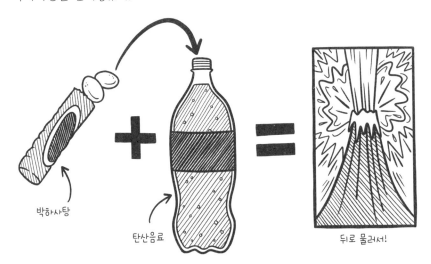

박하사탕

탄산음료

뒤로 물러서!

그때 누가 어깨를 **톡톡** 두드리기에 고개를 돌렸어.

"받아, 뿌직이."

마빈이 씩 웃더니 내 손에 재빨리 음료수병을 밀어 넣었어. 안에서 거품이 어찌나 **부글**대던지 병이 **덜덜** 떨리기까지 했어.

'무슨 일이지?' 하는 **얼떨떨한** 표정으로 손에 든 **빵빵한** 병을 내려다봤어. 하지만 곧 알아차렸지. 마빈이 **폭발** 직전의 병을 선물했다는 거 말이야!

이건 집에서든 학교에서든… 아니, 그 어디에서도 절대로 따라 하면 안 돼!

나는 **비명**을 내지르며 뜨거운 감자 내던지듯 병을 던져 버렸어. 병은 바닥에 닿는 순간 뚜껑이 **벗겨지면서** 허공으로 **튀어 올랐어!** 학교 운동장을 마구 휘젓고 날아다녔지.

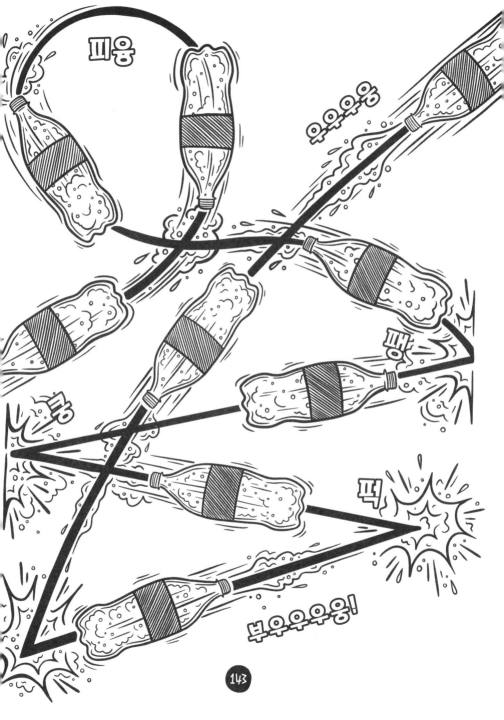

143

통제 불능 **로켓 병**이 창문을 깨뜨리며 강당 안으로 날아 들어갔어. 로켓 병 때문에 강당 안마저 **난장판**으로 변해 가는 소리가 계속해서 들려왔어.

믿을 수 없다는 듯 눈이 휘둥그레진 멈블스 선생님이 헐레벌떡 달려왔어.

그러자 마빈이 잽싸게 고자질을 했지.

"선생님, **저스틴 체이스가** 로켓을 쐈어요! 애들도 다 봤어요."

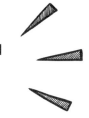

"저스틴 체이스!"

멈블스 선생님이 탄산음료 속에 들어간 박하사탕처럼 **폭발**했어. 메이저스 쌤의 최고 기록보다도 더 큰 목소리였지. 와, 멈블스 선생님에게 이런 능력이 있을 줄이야? 하지만 내 덕에 **신기록**을 달성해 놓고도 그리 고마워하는 눈치는 아니었어.

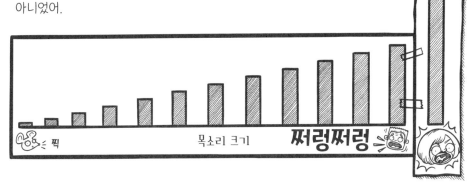

선생님이 무슨 일이 벌어졌는지 확인하려고 날 끌고 강당으로 갔어. 그런데 강당 안으로 들어서는 순간, 우리 둘 다 예상조차 하지 못한 일이 눈앞에서 벌어지고 있었어. 로켓 병이 화학 약품이 담긴 용기들을 박살 내는 바람에 내용물이 흘러나와 **서로 뒤섞이면서 반응**을 일으키고 있었던 거야.

원했던 건 아니지만 내가 진짜 코끼리 치약을 만들어 낸 거야. 아니, 코끼리 치약 정도가 아니었어. 적어도 **매머드 치약**은 됐다니까!

아니면 티라노사우루스 렉스 치약.

아니, 대왕고래 치약일지도 몰라.

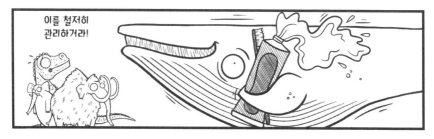

그래, 그래. 대왕고래한테 이빨이 없다는 것쯤은 나도 알아. 하지만 그런 걸 따지고 있을 때가 아니었어. 강당이 통째로 **화산처럼 끓어오르고** 있었거든! 우선 지금 당장 해야 할 건...

콰콰

149

　나는 계속 달렸어! 그곳을 당장 빠져나와야 했으니까. 학교를 **날려 버리는 건** 학교에 **물난리를 일으키는 것**하고 차원이 달랐어. 겁에 질린 나머지 학교 울타리를 기어 넘어 무작정 달렸어. 그런데 멈블스 선생님이 줄기차게 쫓아오는 거야!

"저스틴 체이스!"

　숨이 차서 더는 달리기 힘들었어. **숨을 곳**이 필요했어! 급한 마음에 옆길로 방향을 틀었더니 하, 이런 행운이! 마침 길가에 아빠 트럭이 주차되어 있었어. 변기 트럭이 그렇게 반갑기는 **처음이었어!**

　나는 잽싸게 트렁크(또는 변기) 속으로 뛰어든 다음 뚜껑을 닫았어.

컴컴하고 커다란 변기 안은 안전했어. 나는 그제야 겨우 숨을 고를 수 있었지. 그런데 자동차 운전석 쪽에서 슬쩍이가 맹렬하게 짖기 시작했어.

* 어이, 꼬마 인간, 여기서 뭐 하는 거야?
** 나도 같이 놀자!
*** 지금 숨바꼭질하는 거니?
**** 찾았다! 내가 널 찾았어!

제발 입 좀 다물어 주면 좋으련만, 슬쩍이는 **흥분해서 난리였어.** 펄쩍펄쩍 뛰고, 운전석과 조수석 사이를 왔다 갔다 하고, 창밖으로 머리를 내민 채 **멍멍** 짖는 소리가 계속 들려왔어. 그런데 갑자기 딸깍하는 소리와 함께 '쿵' 하고 가벼운 충격이 느껴졌어. 뭐지? 혹시 사이드 **브레이크**가 풀렸나? 제발 아니어야 할 텐데.

불행히도 내 짐작이 맞았어. 슬쩍이가 그렇게 방방 뛰더니 사이드 브레이크를 푼 거야. 나는 **점점 더 빨리** 굴러 내려가고 있었어. 초대형 변기가 조금 전, 내가 **날려 버린** 학교를 향해 곧장 후진하고 있었거든.

속력이 붙으면 붙을수록 연기로 자욱한 강당 건물이 점점 더 가까워졌어. 변기 트럭이 학교 담장과 **충돌**하기 직전에, 나는 얼른 머리를 쏙 집어넣고 뚜껑을 닫았어.

나는 다시 변기 뚜껑을 빼꼼히 들어 올렸어. 이제 곧 **아수라장**이 벌어질 텐데 눈으로 직접 확인하고 싶었거든. 변기 트럭은 무너진 강당을 그대로 **지나쳐** 운동장을 누비는 중이었어. 어른, 아이 할 것 없이 안전한 곳으로 피하느라 정신이 없었지. 딱 한 사람만 빼고 말이야. **비운의 변기**를 가로막으려는 그 사람은, 바로 아빠였어!

"아이고, 우리 아가!"

아빠는 충격이 큰 것 같았어. 그런데 아가라니, 정확히 누구를 말하는 거지?

아빠는 이제 **납작**해질 게 뻔했어. **변기**에 깔려서 말이야. **화장실 휴지** 꼴이 되겠지. 마지막 **물 내림**, 작별의 시간. 그렇게 화장실을 좋아하더니 결국 **변기** 때문에 죽음을 맞이하게 되는구나. 그래, 어쩌면 이거야말로 아빠가 바라는 최후일지도 몰라.

"안 돼OH OH OH OH OH OH OH!"

킹 교장 선생님이었어. 선생님이 갑자기 풋볼 챔피언처럼 돌진해 오더니 아빠를 쿵 밀어 버린 거야. 최근 본 **태클** 가운데 최고였지.

장애물이 사라지자, 변기 트럭은 잔디를 짓이기며 **거침없이** 굴러가다가 한 바퀴를 빙그르르 돌았어. 결국은 **요란한 소리**를 내며 6학년 M반 교실을 박아 버렸지.

우당탕탕탕!

나는 뚜껑을 열어젖히고 연기가
피어오르는 변기 밖으로 기어 나왔어.
사람들 **시선**이 따가웠어.

뿌직이

아빠가 달려와서 나를 와락 끌어안았어. 나는 아빠의 어깨너머로 슬며시
학교의 상태를 살폈어. 강당은 **사라졌고**, 운동장 바닥은 갈가리 **찢어졌고**,
6학년 M반 교실은 **무너졌고**. 그것 말고도 곳곳이 **엉망**이었어.

"선생님들, 학생들이 무사한지 좀 살펴봐 주세요.
다들 괜찮아요?"

킹 교장 선생님은 어느새 또 확성기를
들고 있었어. 머리며 옷차림이 조금
흐트러지기는 했지만, 침착하려고 애쓰는
모습이었지. 선생님은 연설을 시작했어.
박살 난 변기 트럭 주위에 충격이 채
가시지 않은 표정으로 사람들이 모여
있었어.

"정말이지, 이번 주에는 우리 학교에 **별의별** 일이 다
일어나네요. 이제 겨우 **화요일**인데 말이에요! 그래도 저는 이번 사건을 통해
값진 교훈을 얻었습니다. 학교가 **폭발**하고, 어마어마한 변기가 달려드는 순간,
지금까지 살아온 제 인생이 **주마등**처럼… 아니, 화장실 물 내려가듯
'**쏴아**' 하고 눈앞을 스쳐 지나가지 뭐예요. 그러면서 전 두 가지 사실을 확실하게
깨달았습니다. 하나는, 마빈, 진심으로 **사랑한다**, 내 귀여운 천사."

킹 선생님은 그렇게 말하며 악마 같은 내 원수의 이마에 입을 맞췄어.

가짜
천사 링!

"그리고 다른 하나는…"

선생님이 아빠에게 다가가며 말을 이었어.

"해리, **사랑해**. 자기가 굳게 닫혀 있던 내 마음을 **열어 줬어**. 난 인생이 얼마나 소중한지 깨달았어. 이제 자기 없이는 단 하루도 살고 싶지 않아."

킹 선생님이 한쪽 무릎을 꿇었어.

아빠가 **꺼이꺼이**

울음을 터트렸어.

하지만 이번에는 **기뻐서** 우는 거였어.

"물론이야!"

아빠가 흐느끼며 대답했어.

"천 번, 만 번이라도 **하겠어!** 마조리, 난
자기 덕분에 세상에서 가장 **행복한** 배관공이 됐어!"

"우아아아아!"

학교가 **환호성**으로 뒤흔들렸어. 나, 버니스 선생님 그리고 마빈만 빼고. 마빈은
금방이라도 **숨이 넘어갈 것 같은** 표정이었어.

아빠가 말했어.

"자자, 이리들 와라. 다 같이 한번 꼭 끌어안자! 우린 이제부터 한 가족이야,
행복한 **가족!**"

사이렌 소리와 함께 구급대가 달려왔어. 잠시 뒤 부모님들까지 놀라서 학교로 몰려오자 **소동**이 더 커졌어. 학교 위 하늘에는 텔레비전 뉴스팀이 보낸 헬리콥터까지 떠 있었다니까. 킹 교장 선생님이 **이 상황**을 수습하려고 여기저기 뛰어다니는 틈을 타 나는 드디어 아빠에게 말을 걸었어.

"학교엔 왜 온 거야?"

"네가 벌에 쏘였다고 행정실에서 전화했더라. 그래서 괜찮은지 보려고 잠시 들른 거야. 겸사겸사 마조리… 그러니까 네 **새엄마**도 보고!"

새엄마라니. 온몸에 소름이 돋았어.

"그건 그렇고, 도대체 얼마나 **큰** 벌이랑 싸웠길래 그 모양이 된 거니, 저스팅? **좀 심하네!**"

"**병원**에 가 봐야겠다. 하지만 그 전에 사람들한테 네가 **해명**을 좀 해 줘야 할 것 같구나."

제복 차림의 **아주 많은** 사람들이, **아주 많은** 질문을 던졌고, 나는 **아주 많은** 대답을 해야 했어.

사람들은 오후 내내 머리를 내젓고, 메모하고, 턱을 긁고, **멍한 표정**으로 나를 바라봤어.

나는 오후 내내 고개를 끄덕이고, **어깨를 으쓱하고**, 울고, **진땀 흘리고**, "음…"과 "에…"를 연발했지. 더 이상 할 말이 없을 때까지.

오후 3시 15분

나는 병원 대기실에 앉아 있었어. 아빠가 의사 진찰을 받아야 한다고 고집을 피웠거든.

나는 **세균 공포증**이 있어서 이곳이 아주 불편했어.

오후 4시 15분

진료 예약이 3시 15분인데도 나는 여전히 '**대기실**'에서 '대기 중'이었어. 마침내 의사가 내 이름을 불렀어.

의사 선생님이 안경 너머로 날 물끄러미 들여다봤어.

"흠, 머리에 고속도로 뚫린 거 말고 또 **아픈 데** 있니?"

"벌한테 쏘인 거요."

나는 부어오른 뺨을 가리켰어.

"흐으으으음."

의사 선생님이 내 얼굴을 들여다봤어.

"전문의로서 소견을 말하자면 그 정도로는 안 죽어."

(오호, 버니스 선생님, 제법인데?!)

"쏘인 데 바르는 연고를 좀 줄게. 하지만 기왕 온 김에 **종합 검진** 한번 해 보자. 팬티만 빼고 다 벗어라."

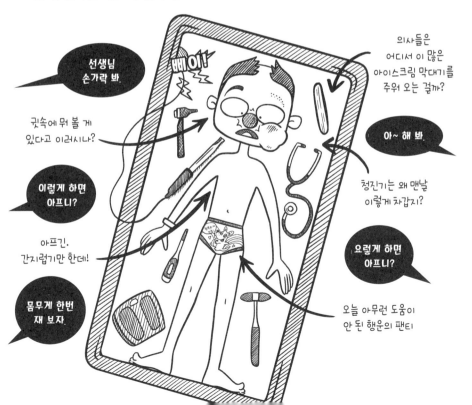

내가 이 모든 검사를 견딜 수 있었던 건,
바로 의사 선생님 책상 위에 놓인 **막대 사탕**
덕이었어. 병에 든 그 사탕들은 비닐을
벗기기도 전에 막대에서 쏙 빠져 버리는
싸구려가 아니었어. **아주 비싸고 근사한
사탕**이었지!

먹고 싶어!

나를 쑤시고 찔러 대던 선생님이 드디어
검사를 마쳤어.

"끝났다. 다 괜찮은 것 같구나. 다시 옷 입어라."

나는 계속 막대 사탕만 바라봤어. 선생님이 **눈치채 주길** 바라며, 아주
대놓고 말이야.

"저... 선생님, 혹시 뭐 잊으신 거 없나요?"

그러자 의사 선생님이 서랍에서 **주사**를 꺼내며 외쳤어.

"맞다, 하마터면 파상풍 예방 접종을 깜박할 뻔했구나!"

오후 4시 30분

이번에는 **치과**였어. 나는 불안한 마음으로 긴 의자에 누워 있었어. 혀로 열심히
이를 닦으면서. 머리 옆에는 **치과 도구**들이 가지런히 놓여 있었지만, 그쪽은
애써 눈길을 주지 않았어.

도대체 웬 도구가 저렇게 많아? 게다가 왜 저렇게 하나같이 **날카롭고**
뾰족하지? 치과 의사가 아니라 **중세 시대 고문 전문가** 아니야?

치과 의사와 간호사가 내가 누워 있는 작은 진료실로 휙 들어왔어.

"웃어 봐라!"

의사 선생님의 명령에 나는 **이 틈새**를 드러내며 살짝 웃었어. 동시에
주머니에서 부러진 이도 꺼내 놓았지. 선생님이 자신 있게 말했어.

"나한테 맡겨. 자, 아아. **크게. 더 크게.**"

선생님은 입 안을 찔러 대며 온갖 도구를 총동원해
긁고 쑤시고 파냈어.

"너, 밥 먹고 나서 2분씩 양치하니?"

"네." (거짓말)

"치실은? 하루에 한 번은 쓰니?"

선생님이 물었어.

"네." (또 거짓말.)

"손볼 데가 한두 군데가 아닌데!"

167

그때부터 내 **시야**는 이랬어. 한 시간 동안이나! 입은 턱이 빠지라 벌리고 있어야 했고, 혀는 혀대로 석션 어쩌고 하는 거에 자꾸만 **들러붙었어.** 치과 의사 선생님은 쉬지 않고 계속 질문을 던졌어. 내 입에 들어와 있는 자기 손 때문에 아무 대답도 못 한다는 걸 뻔히 알면서 말이야.

그러다가 마침내 **드릴** 소리가 울려 퍼졌지.

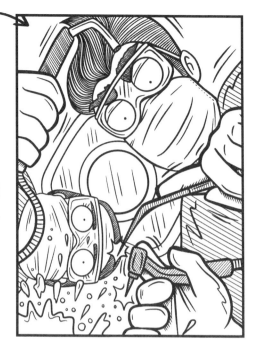

위이이이이이이이이이이이이잉!

이 소리들을 합쳐도 그보다 끔찍하진 않을 거야.

손톱으로
칠판 긁는 소리

새벽 3시에
아기 우는 소리

일요일 아침 6시에
이웃집에서 낙엽 청소기
돌리는 소리

오후 5시 30분

치과에서 나왔어. 미소를 되찾았지. 하지만 침이 줄줄 흘러나왔어. 충치 치료 전에 온갖 **고문**을 대비해서 잇몸에 **마취 주사**를 맞았거든.

나와는 달리 아빠의 얼굴에서는 미소가 사라진 지 오래였어. 의사가 내민 진료비 청구서가 장난 아니었거든.

"아니, 어떻게 어른인 내 치료비랑 맞먹을 수가 있지? 심지어 더 비싸!"

오후 5시 35분

이제 다시 멀쩡한 모습으로 돌아오려면 한 군데만 더 가면 됐어. 끔찍한 내 머리를 만져 줄 이발소였지. **가위 손 아저씨**가 **마법**을 부리기 위해 가게 뒤쪽에서 걸어 나왔어. 아저씨는 내 머리를 맹렬하게 빗고, 자르고, 쳐 냈어. 그러더니 마침내 한 걸음 뒤로 물러서서 **기적**을 이뤄 낸 솜씨에 스스로 감격하고 감탄했어. 그런데 아저씨 눈이 갑자기 휘둥그레졌어. 이제야 알아봤다는 듯 말이야.

"어쩐지 낯이 익었는데. 인터넷 스타 **뿌직이**잖아!"

가위 손 아저씨만 그런 게 아니었어. 창밖에는 어느새 사람들이 **바글바글**
몰려와 나, **뿌직이**를 한 번이라도 보려고 기를 쓰고 몸을 내밀었어.

조회 수 89,673,521회

계속 상승 중!

드디어 집에 도착했어.

우리 집 계단에 앉아 있던
미아가 우리를 보더니 **벌떡**
일어나며 물었어.

"좀 **괜찮은지** 보려고
기다렸어."

"오늘도 최악이었어!"
나는 솔직히 대답했어.

"그래도 훨씬 **좋아 보인다**. 하지만 **이게** 빠졌네."

미아가 사인펜을 꺼내더니 타 버린 눈썹을 다시 그려 주며 활짝 웃었어.

"됐어. 이제 **내일이** 닥쳐도 괜찮을 거야!"

휴대폰을 확인했어.

엄마

부재중 전화 (79)

7:55 화요일

저스틴. 전화가 자꾸 끊긴다. 사진 잘 찍으라는 말 하려고 했는데. 행운을 빌게. 📷 😊

눈 꼭 뜨고. 👀

8:00 화요일

눈 뜨고 찍은 사진 한 장만 있으면 소원이 없겠다. 🤞🤞🤞

8:15 화요일

아, 그리고 머리 빗어!

8:35 화요일

하나만 더. 집 뒤에 있는 공동묘지에는 얼씬도 하지 마. 🙏

8:45 화요일

블라드가 인사 전해 달래!

8:55 화요일

과학 쇼 구경도 재미있게 하고. 하지만 조심해야 해. 사고를 당해서 병원에 실려 오는 학생들, 엄마 진짜 많이 봤어! 👍 🖤

10:30 화요일

우린 이제야 아침 먹는다! 스크램블드에그 보이지? 달라고 하면 주방장이 그 자리에서 만들어 주는데 진짜 맛있어! 👀🔍

10:45 화요일

학교 잘 갔다 오고! 오늘도 즐겁게! 😊

11:15 화요일

좀 전에 너희 학교에서 이상한 음성 메시지가 왔어. 무슨 벌 얘기를 하던데. 혹시 너, 무슨 벌 받을 짓 했니???

농담이야. 하지만 공부 조금만 더 열심히 해. 선생님들 말씀하시는 거 잘 듣고. 학교는 중요해. 최선을 다해야 한다.

12:15 화요일

오늘, 이 화산 구경하러 가려고
했는데, 비가 너무 많이 와. 🌋

13:35 화요일

인터넷 다시 돼! 😿

13:36 화요일

저스틴 체이스!

13:37 화요일

저스틴 체이스!!!!!!!!!!!!!

13:38 화요일

이제

곧

나옵니다…

너, 이게 뭐니? 이런 게 왜 인터넷에
올라와 있어? 저스틴 체이스, 빨리
사실대로 불어. 당장 전화해!

저스틴 체이스! 왜 이런 거야?

너, 각오해!

'마음씨 고운 마빈'이
대체 누구니?
걔 각오하라고 해!

너희 아빠 왜 전화 안 받니!
각오하라고 해!

지금 각오해야 할 사람이
한두 명이 아니야!!!

14:00 화요일

너 도대체 규칙을
몇 개나 어긴 거니?
정확히 말해!

14:02 화요일

이게 다 비디오 게임 때문이야!

14:05 화요일

엄마가 집 비운 지 며칠 됐다고
이 모양이니!

14:10 화요일

다음 비행기로 집에
가기로 했어.

14:23 화요일

날씨 때문에
비행기 못 뜬대.

14:45 화요일

어쨌든 넌 내 아들이야.
사랑해. 하지만 각오
단단히 해.

15:10 화요일

전화 받아!

15:15 화요일

엄마한테 전화 줘!

숙제도 하고!

엄마한테 전화를 걸었어. 연결 상태가 안 좋았지만 알아들을 순 있었지.

엄마는 아빠하고도 **잠깐** 통화하고 싶어 했어.

딩동! 제발 이삿짐센터면 좋겠다고 생각했어. 나 아직 내 물건들 못 받았는데. 비디오 게임이라도 한 판 하면 기분이 훨씬 나아질 것 같았어! 아니면 혹시 누가 **뚱뚱 선장**을 찾아서 데려왔나?

하지만 이보다 더 **실망**스러울 순
없었어. 킹 선생님하고 마빈이었거든.

"아빠, 아빠 손님이야."

내가 소리쳤어.

"아빤 지금 화장실에 계세요."

그러고는 덤으로 한마디를
덧붙였지.

"**하루 종일 거기 계세요.**"

"이거 받아라, 저스틴. 너한테 온
거야."

킹 선생님이 **봉투**를 내밀며 말했어.

일어나!

저희 프로그램의
초대 손님이
되어 주세요

㈜스틸 TV 사업부

아빠가 **어기적어기적** 계단을
걸어 내려왔어. 놀랍게도 셔츠를
입고 있었지!

"아이고, 놀라라. 마조리, 이게
웬일이야!"

아빠는 그러면서 킹 선생님 볼에
입을 맞췄어. 으, **토 나와!**

"봉투 안에는 더 **놀라운 소식**이 있어, 해리. 우리 마빈도 받았어! 오늘
오후에 직접 가져왔더라고."

"그럼 뜸 들이지 말고 얼른 읽어 봐라, 저스티누스."

나는 근사해 보이는 봉투를 뜯었어. **초대장**이었어.

내일 저희 아침 방송 프로그램  에 당신을 초대합니다!

'뿌직이'에게,

안녕? 우린 네 동영상에 깊은 감명을 받았어. 눈을 뗄 수가 없었지.

넌 지금 인터넷에서 제일 높은 조회 수를 기록하고 있는 바이럴 영상의
주인공이야. 최고 인기 스타라고. 그래서 우리는 전 세계 아침 방송 가운데
가장 높은 시청률을 자랑하는 〈일어나!〉에 네가 나와 주었으면 해.
마음씨 고운 네 친구 마빈과 함께 말이야.

우리의 제안을 수락해 준다면 넌 생방송 프로그램에 출연하는 짜릿한
경험 말고도 VIP 손님으로서 다음과 같은 특권을 누리게 될 거야.
· 짭짤한 출연료
· 스튜디오까지 전용 항공기 서비스 제공
· 출연자와 보호자를 위한 초고가 상품 선물 세트

이번 출연은 네게도 평생 잊지 못할 특별한 추억이 될 거야.
꼭 연락 바란다.

〈일어나!〉에서 만나기를 바라며!

〈일어나!〉 프로듀서
전 세계 아침 방송 시청률 1위 〈일어나!〉

㈜스틸 TV 사업부

아빠의 눈이 휘둥그레졌어!

"오오오, 저스 치즈! 이거 완전 **대박**이구나! 오늘 돈을 너무 많이 썼어. **청구서**가 산더미잖니! 게다가 아빠 트럭은 지금 정비소에 가 있고. 하지만 이제 돈 문제가 한꺼번에 싹 해결되겠다! **신나지 않아?**"

"응, 신나."

나는 거짓말을 했어.

아빠는 바로 전화기를 집어 들더니 방송국에 전화를 걸어 자세한 내용을 물어보기 시작했어! 심지어 아빠의 가게 이름이 방송에 나와야 한다는 조건까지 내걸고 협상을 벌였지! 아빠는 눈 깜짝할 사이에 **매니저** 모드로 돌입해 있었어.

오후 10시

나는 아빠와 할머니를 꼭 끌어안고 작별 인사를 했어. 나와 마빈은 **특별 리무진**을 타고 비행장까지 갔어. 아침 일찍, **생방송**에 출연하려면 우리는 밤새 비행기를 타고 가야 했어.

177

전용기 안은 무척 호화로웠어!
정말 멋졌지!

옆자리에는 마빈이 앉아

있었어. 그건 물론 **마음에**

안 들었어.

그런데 비행기가 난기류를

지나가는지 마구 **흔들리기** 시작했어. 그건 더더욱 싫었어.

표시등이 켜졌어.

창밖으로 **지그재그** 모양의 **번개**가 쉴 새 없이 번쩍였어.

기내에 설치된 모니터란 모니터에서는 우리가 내일 <일어나!>에 출연할 거라는 예고가 끊임없이 나오고 있었어. 덕분에 똑같은 광고를 최소 **백만 번**은 봤을 거야.

그런데 거기서 화면이 **멈추면서** 내 얼굴이 크게 잡혔어. **오늘** 학교에서 찍은, 그 **치욕스러운** 사진이었어.

마빈이 히죽거렸어.

"정말 **멋진 사진**이야, 뿌직이! 방송국에서 가장 최근에 찍은 사진을 보내 달라고 하더라고. 이거 구하려고 엄마가 사진사한테 **특별히** 부탁까지 해야 했다니까. 뭐, 좀 번거롭기는 했지만, 그만한 가치는 있는 것 같아. 안 그래?"

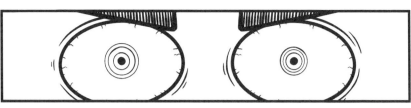

"첫 번째 찍은 사진이 지워져서 정말
유감이야… 그렇게 '수수께끼처럼 사라져
버리다니' 참 이상도 하지, 안 그래,
뿌직이?"

빠직!

**마음씨 고약한
마빈이 한 짓들**

- 모욕적인 패러디 노래
- 화장실 휴지 감춤
- 달걀 세례
- 로켓 병
- 나를 변기 소년이라고 부름
- 나를 뿌직이라고 부름
- 인터넷에 영상 올림
- 내 평생 유일하게 잘 나온 학교
  앨범 사진을 지워 버림

이 모든 비열한 짓들
가운데서도 **바로 이게**
나를 **돌게** 했어.

나는 내 감정을 **주먹**으로 전해 주려고 마빈에게 **달려들었어**. 그러나
유감스럽게도 좌석 벨트가 날 말렸지.

마빈도 자기 감정을
주먹으로 **돌려주고** 싶은 것
같았어.

더듬더듬, 나는 좌석 벨트 버클
단추를 찾았어. 도저히 참을 수가
없었거든.

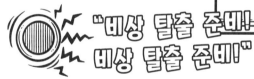

가슴이 철렁 내려앉았어. 내가 누른 게 좌석 벨트 푸는 단추가 아니었나 봐!

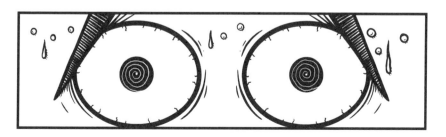

쿵 소리와 함께
긴박한 **경보음**이 들렸고,
불빛이 번쩍거렸어.
얼음장처럼 차가운
공기가 훅 밀려드는 순간,
나는 까만 밤하늘 속으로
튕겨 나갔어.

오후 11시 49분

화요일, 좀 심한 거 아니냐고?

두고 봐!

장난 아닐걸?

내 인생에서 가장 끔찍한 이번 주는 아직 반도 안 지났어!

내인생
최악의
일주일

월요일	화요일

수요일	목요일	금요일
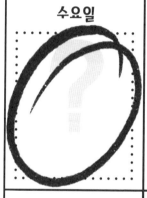	?	?

토요일	일요일	
?	?	

저스틴 체이스가 알려 주는
꿀잼 상식

사진을 찍을 때 **치즈** 대신 **치즈버거**라고 해 봐! 그럼 **표정**이 훨씬 더 자연스러워 보일 거야. 꼭 한번 해 봐!

독침은 암컷 벌들한테만 있어. 일벌들은 침이 작살 모양으로 생겼고 침을 한 번 쏘고 나면 죽어 버려. **여왕벌**의 침은 일자 모양으로 생겼고 여러 번 쏠 수 있어.

모스 부호는 점(·)과 선(−)을 이용해 글자와 숫자를 표기하는 방법이야. 미국의 발명가 새뮤얼 모스가 유선, 무전, 소리 또는 빛을 이용해 멀리 있는 사람에게 장거리 메시지를 보낼 수 있도록 개발했어.

A . −	J . − − −	S . . .
B − . . .	K − . −	T −
C − . − .	L . − . .	U . . −
D − . .	M − −	V . . . −
E .	N − .	W . − −
F . . − .	O − − −	X − . . −
G − − .	P . − − .	Y − . − −
H	Q − − . −	Z − − . .
I . .	R . − .	

최초의 **수세식** 변기는 1592년 영국의 존 해링턴 경이 고안했어. 해링턴 경은 자신이 발명한 그 변기를 에이잭스(AJAX)라고 불렀어. 존 해링턴 경의 대모였던 엘리자베스 여왕 1세도 에이잭스를 썼대!

지구상에서 **가장 큰** 포유동물인 **대왕고래**는 이빨이 없어. 대신 거대한 머리빗처럼 생긴 고래수염이 있지. 바닷물과 함께 크릴새우를 잔뜩 집어삼킨 뒤, 고래수염을 이용해 크릴새우는 걸러 내고 물만 내뱉는 거야. 미안, 이빨 요정!

거울이 깨지면 7년 동안 재수가 없다는 건 고대 로마에서 전해져 내려오는 **미신**이야. 고대 로마 사람들은 인간의 몸이 **7년** 주기로 재생된다고 믿었어. 따라서 7년이 지나면 운세도 새로워진다고 생각한 거지.

뚱뚱 선장
그리는 법

1단계
먼저 U를 크게
나란히 두 개 그려.

2단계
U 위에 선을
세 개씩 그려 줘.

3단계
점을 찍어서
눈동자를 그리고,
눈 밑 주름도 표시해 줘.

4단계
작은 역삼각형을 그린 다음
선과 뿌루퉁한 입을 그려.

5단계
코 옆에 점 여섯 개를 찍고,
선 네 개로 수염을 그려.

6단계
귀와 머리를 그려.
(곡선 세 개만 그리면 돼)

7단계
얼굴을 그려.
삐죽빼죽하게!

8단계
목걸이를 걸어 줘.
완만한 곡선과 동그라미를
그리고 '뚱'이라고 쓰면 끝.

하악!

수요일 에는

무슨 일이 일어날 것 같아?

_____

_____

_____

_____

_____

_____

상상한 대로 그려 봐.

이바와 맷의 편지

이바는 글을 쓰고

맷은 글을 같이 쓰고 그림을 담당했어.

꼬마 이바:
바가지 머리를
이렇게 멋지게
소화해 내다니!

꼬마 맷:
바가지 머리를
이렇게 멋지게
소화해 내다니!

_____ 에게

여기에 네 이름을 써. (혹시 도서관에서 빌린 책이라면 이름을 썼다고 상상만
하든지 눈에 보이지 않는 매직펜으로 써야 해.)

공식적으로 선언하겠어. 넌 전설이야! 그리고 너처럼 전설적인 아이가 이 황당한 책을
선택해 줘서 정말 얼마나 영광인지 모르겠다.* 우리와 화요일을 함께해 줘서 정말
고마워.

너무나 우습고 슬픈 이 이야기를 쓰면서 우리는 얼마나 재미있었는지 몰라. 모쪼록 너도
이 책을 읽으면서

1) 깔깔 웃고

2) 깜짝 놀라고

3) 난감해하고

4) 책을 손에서 놓지 못하고

5) 이것들을 전부 다 경험했길 바라.

*이 인사는 공갈, 뇌물, 협박,
사기, 최면 등을 당해서가
아니라 네가 정말 스스로 읽고
싶어서 읽었다는 가정하에서
하는 말이야.

너도 혹시 화요일에 저스틴한테 일어난 일들을 겪은 적이 있니?(제발 다는 아니었길 바란다!) 대부분은 우리가 지어낸 거야. 하지만 경험에서 영감을 받은 것도 있어.

예를 들어, 이바는 어렸을 때 유명 연예인들의 헤어스타일을 따라 하려다 몇 번 망한 적이 있어. 한번은 고데기가 너무 뜨거워서 머리를 뭉텅이로 태워 버렸지! 그리고 맷은 5학년 때 학교에서 사진 찍는 날 갑자기 알레르기가 생겨서 얼굴이 팅팅 부어오른 적이 있었어. 부기가 어찌나 심했던지 맷의 가족조차 학급 사진에서 맷을 찾아내지 못할 정도였다니까!

지금 생각하면 그저 우스운 추억일 뿐이야.(하지만 그땐 조금도 웃을 수 없었어!)

어쨌든, 넌 절대 저스틴 같은 일주일을 겪지 않기를, 그리고 너의 속옷은 항상 행운을 가져다주길 바랄게! 자, 그럼 수요일에 보자.
안녕.

Eva ♡ Matt ☺

P.S. 온라인에 나쁜 내용을 올리거나 누군가를 놀리는 행동은 하지 마. 아니, 오프라인에서도 마찬가지야! 마빈처럼 행동하지 말고 미아처럼 행동해!

P.P.S. 계속해서 책을 많이 읽길 바란다! 가장 좋은 건 가까운 도서관에 가서 회원이 되는 거야. 도서관에는 책이 아주 많고 다 공짜야. 믿어지니? 물론, 다시 돌려주긴 해야지. 하지만 그러면 또 더 많은 책을 무료로 빌릴 수 있어! 도서관은 너무 근사하지 않니?! "네, 정말 근사해요!"라고 대답해 줘.

P.P.P.S. 무슨 물건이든 사용 설명서는 꼭 읽어야 해!!

이바 아모리스는 디자이너 및 사진작가로 시드니 오페라 하우스, ABC 호주 공영 방송국 등과 함께 일했어. 필리핀에서 태어나 고등학교 때 호주로 이민을 갔지. 신발과 여행을 좋아해. 그리고 또… 신발을 정말 좋아해.

맷 코스그로브는 유명한 베스트셀러 작가 겸 일러스트레이터야. 호주 웨스턴 시드니에서 태어나고 자랐어. 초콜릿과 사회적 교류 피하는 걸 좋아해. 그리고 또… 초콜릿을 정말 좋아해.

이바와 맷은 25년 전 대학에서 처음 만났어. 조별 과제를 위해 아무렇게나 팀을 나눴는데 우연히 같은 팀이 된 거지. 하지만 그때부터 둘은 늘 함께 작업했어. 같이 저녁을 만들고, 케이크를 굽고, 일을 망치고, 침대를 정리하고, 실수하고, 추억을 만들고, 촌스러운 옷을 고르고, 두 명의 진짜 인간까지 만들었지. 하지만 함께 책을 쓰기는 이번이 처음이야.

코로나 시기에 세상이 좀 우울했을 때 두 사람은 당연히 빵이나 만들고, 넷플릭스만 몰아볼 수도 있었어. 하지만 천만에. 이바와 맷은 이 끔찍한 「내 인생 최악의 일주일」 시리즈를 탄생시키기로 한 거야!(미안.)

자, 여기 이게 이바와 맷이야. 잘 봐 뒀다가 혹시라도 두 사람이다 싶으면 잽싸게 피하도록 해.

콧수염 단 모습
(누가 알아?
변장을 하고 나타날지)

이이이이익!
딸깍
끼익끼익
번쩍!
드르르르르르르르르르!
꺄
으아아아악!
안 돼애애애애애!
쾅!
빠지지지지지지직!
빵 빵!
빽! 빽!
따댕따댕따댕!
우적
뽀글
뽀글
뽀글
헉!
히이익!
쉬이이이이익!
피유우우우우우
부글부글부글부글!
으아아아아아아아아아아아